MEURTRES
AUX SABLES

Les disparus du pont de la Chaume

Frédéric Bodin

MEURTRES AUX SABLES

Les disparus du pont de la Chaume

LA GESTE

– I –

Les Sables-d'Olonne, 7 novembre 1978

Comme tous les matins vers 8 h 30, dimanche compris, Louis Thibaudeau s'en allait acheter son journal sur le quai de la Chaume. Rituel circuit qui passait par le tabac-presse, avant de se diriger vers le bar *L'Étoile de mer* ou le *Bar du Pont*, et parfois même les deux. Sa femme avait bien tenté à plusieurs reprises de l'abonner au portage du quotidien régional. Mais la démarche n'avait jamais abouti. La sortie faisait partie de sa journée. Et le petit blanc qui allait avec aussi.

Ce matin-là pourtant, la tournée matinale allait durer plus longtemps que prévu.

— Nom de Dieu de nom de Dieu. Ils l'ont fait !

En arrivant devant le *Bar du Pont*, Louis jeta son vélo de rage. Derrière la porte, les habitués attendaient de voir sa réaction. Ils n'ont pas été déçus. Louis grimpa les trois marches et fit une entrée fracassante. La salle des fêtes voisine devait en trembler.

— Vous vous rendez compte ! Ils l'ont fait, ces cons de la mairie.

Oui, ils l'avaient fait. Le pont de la Chaume était barré. Et même définitivement barré. Dans quelques heures, on allait commencer sa démolition afin de permettre l'accès au nouveau port de plaisance Olona. Fini le lien direct entre la Chaume et Les Sables. Maintenant, il faudrait faire un détour pour aller au centre-ville, et ça rajoutait une paire de kilomètres.

Déjà que, bien que faisant partie de la même commune, les rapports entre la station balnéaire et le quartier historique des pêcheurs étaient compliqués, ça n'allait pas aller en s'arrangeant. Circulation interdite sur le pont de la Chaume et la Cabaude, le quai situé juste en face, devenait un cul-de-sac. Certes, on en parlait depuis des mois et tout le monde savait que, avec la construction du port de plaisance, sa vie était comptée. Mais la municipalité avait pris l'engagement qu'il ne serait rien fait avant que des solutions de remplacement soient mises en place.

Au *Bar du Pont*, forcément, on ne parlait que de ça. Le patron avait bien vu, la veille au soir, que quelque chose se préparait, mais de ce côté-ci du chenal du port, même si on savait que cela arriverait un jour, on n'imaginait pas que cela se ferait sous la forme d'un coup aussi bas : commencer les travaux sans prévenir.

Louis Thibaudeau tapait du poing sur le zinc. Lui qui aimait tant aller faire son tour à la criée située juste de l'autre côté voyait s'éloigner la perspective de se rendre en ce lieu qu'il avait tant fréquenté lorsqu'il était patron-pêcheur. Combien de sorties en mer avec son bateau de 8,5 mètres, *Rose Juliette 3*, s'étaient terminées sur ce quai. Période faste où la sardine abondait, recouvrant parfois le pont arrière. Impossible de tout débarquer pour ne pas faire s'écrouler les cours du poisson. Moment où l'on pouvait discrètement aller acheter sa poche de sardines contre quelques francs.

La criée. Elle est à 300 m. Et depuis ce matin au bout du monde. Quelques bateaux rentraient de pêche en donnant un coup de corne. Au pont, un attroupement était en train de se former. En ce matin du 7 novembre 1978, la Chaume faisait sécession, contre son gré.

– II –

Les Sables-d'Olonne, 7 novembre 2018

Bien de l'eau avait coulé dans l'entrée du port de plaisance, et dans les deux sens selon les marées, depuis que les bulldozers étaient intervenus en ce mercredi 7 novembre 1978. Louis Thibaudeau ne faisait plus sa tournée matinale. Il avait été enlevé à l'affection des siens vingt ans plus tôt. À 100 ans, moins un mois.

Le pont était lui aussi dans tous les esprits. Une plaque commémorative n'a t-elle pas été posée là où se trouvait l'édifice ? « Aujourd'hui encore, lorsqu'on parle du pont, les esprits s'évadent comme si l'âme du pont était encore présente », peut-on y lire.

Ce matin-là, à 7 heures, Philippe Thibaudeau prenait son service au pilotage du passeur. Le passeur : cette navette maritime qui reliait le quai Georges-V à la Chaume au quai Guiné, côté Les Sables. Seule solution trouvée, et dans l'urgence, par la municipalité d'alors pour assurer une liaison se substituant au fameux pont détruit. Dans l'urgence, car au tout début, on prenait place à bord du bateau en utilisant une échelle, et ce de façon très acrobatique.

Philippe Thibaudeau n'était autre que l'arrière petit-fils de Louis. Autant dire que le quartier n'avait aucun secret pour lui. Il se souvenait de ses escapades, bien qu'étant enfant dans les années 1970. Combien de fois avait-il entendu son arrière grand-mère râler quand l'ancêtre rentrait en milieu de matinée, ayant parfois le verbe haut et l'œil un peu brillant ! Après une demi-carrière dans la Marine nationale et avoir parcouru presque toutes les mers du monde, Philippe avait choisi de revenir au pays. De la pure nostalgie qui faisait que, aujourd'hui, il se contentait fort bien de faire des allers-retours entre deux quais distants d'une centaine de mètres.

Le passeur venait d'embarquer ses premiers passagers alors que le jour se levait à peine. Malgré le grand bol de café avalé une demi-heure plus tôt, Philippe n'était pas tout à fait réveillé. La faute sans doute à une soirée un peu trop arrosée avec des copains quelques heures plus tôt.

Alors que le bateau, qui avait quitté le côté Sables, s'apprêtait à accoster en face, le pilote vit droit devant, à quelques mètres à peine, une forme sombre flotter à la surface de l'eau. Un sac sans doute.

— Pffft… encore un de ces sacs poubelles jetés à l'eau. Y'en a marre, les gens pourraient quand même faire attention, dit Philippe à son copain Hervé Chauvet qui discutait avec lui.

— Oh ! approche un peu ! Pour un sac-poubelle, il a quand même une drôle de forme, lui fit remarquer ce dernier. On dirait plutôt une boîte ?

— Ben oui. Attends, je m'approche.

La manœuvre ne prit que quelques secondes et les deux compères purent accrocher le sac.

— Qu'est-ce qu'on fait, on le remonte ?

— De toute façon, on ne va pas le laisser là, hein ? On le mettra sur le quai près de la poubelle.

Les deux hommes n'étaient pas au bout de leurs surprises, tandis que, sur le quai Georges V, les passagers qui attendaient pour aller au travail s'impatientaient de voir le passeur faire des ronds dans l'eau.

— Oh ! Ça va ! leur envoya Philippe. J'arrive.

Il cramponna le sac pour le remonter et le poser à l'arrière. Impossible !

— Attention, Hervé ! Il est attaché.

Philippe tira sur le bout. Le sac était bien amarré... au quai. Le passeur ne pouvait interrompre son service pour une boîte enfermée dans un sac. Hervé s'occupa de l'affaire. Le sac fut hissé sur la passerelle. Sans qu'on puisse couper son lien avec un simple couteau.

Rejoint par quelques Chaumois matinaux intrigués par la scène, Hervé Chauvet hésita à aller plus loin.

— Qu'est-ce qu'on fait, les gars ? On l'ouvre ?

Bien que tout le monde eût un avis, on s'accorda finalement sur le fait qu'il fallait mieux appeler la police, car le colis semblait pour le moins suspect. Le contenu du sac flottait parfaitement. Ce qui fit dire à l'un des présents qu'il s'agissait vraisemblablement d'une boîte en polystyrène.

— Et où est-ce qu'on en trouve des boîtes comme ça dans le coin ? À part la criée, je vois pas, analysa t-il finement.

Quinze minutes plus tard, une patrouille de police arriva sur place. Le brigadier Boré qui la dirigeait connaissait bien Hervé Chauvet avec qui il avait fait du foot dans un temps passé.

— Putain, Hervé ! me dis pas que tu nous as fait venir pour un sac-poubelle qui traînait dans le chenal, quand même ?

— Ouais, ben… ton sac-poubelle il est attaché à un bout. T'en connais beaucoup des gens qui balancent les trucs comme ça ? Et c'est pas de la ficelle de cuisine, je te prie de me croire. Alors, si on vous a dérangé pour rien, eh bien ! je vous paierai le café au bar en face !

Le brigadier Boré et un de ses hommes entreprirent d'ouvrir le sac en l'arrachant, à défaut de pouvoir enlever le lien. À l'intérieur, se trouvait une caisse en polystyrène, comme l'avait supposé Hervé Chauvet. Les policiers la sortirent. Le brigadier souleva le couvercle qui tenait juste avec une bande de ruban adhésif d'emballage. Et le referma aussitôt.

— Je te montre pas. C'est pas beau. T'as bien fait de nous appeler.

Philippe Thibaudeau finissait une rotation avec le bateau.

— Alors, les gars, vous avez trouvé un corps découpé ?

— Ah ! déconne pas avec ça ! lui lança Boré.

À l'intérieur, il y avait effectivement des ossements. Un crâne, deux tibias, une cage thoracique. Classique, somme toute, et révélateur d'un corps passé de vie à trépas depuis un bon bout de temps. Le brigadier appela Joël Barteau. Celui qu'on appelait encore « l'inspecteur de permanence ». Ce dernier arriva quelques minutes plus tard, sorti à la hâte de son lit.

— Ça ne pouvait pas attendre, non ?

— Non, ça ne pouvait pas attendre. Regarde.

Le permanencier descendit la passerelle du ponton. Et dut se rendre à l'évidence.

— Et merde, tu parles d'un réveil. Allez, raconte ce que tu sais.

Le brigadier Boré fit un premier rapport rapide : le passeur, son copain, la manœuvre d'accostage, le sac aperçu dans la pénombre puis remonté, la découverte du fait qu'il était attaché à un gros bout, l'ouverture… et les os.

— Bon, ben, on ne touche à rien et on libère le ponton. Opération « scène de crime », décréta Barteau.

— Et pour les navettes du bateau, on fait comment ? l'interpella le brigadier.
— On fait quoi, on fait quoi. On interrompt le trafic, tout bonnement.
Sur le quai, on commençait à s'impatienter.
— Allez, hop ! on ferme. Les navettes par bus de la mairie vont arriver.

Le jour était maintenant complètement levé sur le quai de la Chaume. Une bonne heure maintenant que le ballet des policiers perturbait le quotidien. Au *Bar du Pont*, les discussions allaient bon train. Comme elles allaient bon train quarante ans plus tôt quand Louis venait prendre son petit blanc matinal. L'endroit était un hymne à la mer. À droite, derrière la porte, le tronc pour les dons à la SNSM. Au-dessus du bar, les maquettes de bateaux. Au fond, un grand tableau de photos évoquait les bons moments de l'établissement. Derrière le bar, la patronne essuyait les tasses et les premiers verres. Dans cette petite salle tout en long, les tables étaient soigneusement alignées deux par deux. Tables pour deux, tables pour quatre. En ce mois de novembre aux températures rafraîchissantes, une délicieuse odeur de cannelle associée au vin chaud régnait dans toute la pièce, tandis qu'un ampli Marshall sortait des notes de musique jazzy. On se sentait vraiment bien au *Bar du Pont*. On s'y appelait par son prénom. On se disait « à tout à l'heure !» quand un client sortait.

Philippe Thibaudeau avait quitté son poste de passeur par obligation. La ville avait mis en place des navettes par bus le temps que les investigations aillent jusqu'à leur terme.

— Je crois que, depuis que je fais ce boulot, le service n'a jamais été interrompu. C'est quand même une grande première. Bon d'accord, il y a bien eu des pannes parfois. Mais ça ne compte pas.

Les clients présents dans le bistrot l'écoutaient religieusement. Philippe, c'était plutôt du genre à carburer au café. « Une certaine hygiène de vie » comme il se plaisait à le dire lui-même. Sauf que, parfois, il se lâchait un peu, comme ce jour-là où il avait « des scooters qui lui traversaient la tête ».

Sur le ponton, les policiers avaient remonté la boîte en polystyrène. Des têtes se penchèrent pour tenter d'apercevoir quelque chose.

— Allez, circulez, cria « l'inspecteur », en fait un capitaine de police.

Mais, allez savoir pourquoi, il était arrivé aux Sables dans des temps lointains avec le grade d'inspecteur, donc, on l'appelait toujours comme ça. La foule se dispersa donc, le brigadier enleva lui-même le ruban matérialisant la scène de crime… même si celui-ci, – à savoir s'il s'agissait bien d'un crime – avait été perpétré il y a sans doute bien longtemps. Tout ce petit monde se transporta vers le commissariat de police. Et la caisse fut envoyée à l'hôpital pour être déposée à la morgue.

Philippe Thibaudeau pouvait enfin regagner son bateau et reprendre ses traversées. Il était 9 h 30. Les travailleurs matinaux avaient utilisé le système D pour rejoindre Les Sables.

Le père Rambert était de la première traversée.

— Tu parles d'une affaire, mon petit Philippe. Et tu te rends compte ? Juste le jour anniversaire de la fermeture du pont ! Ça en est-y d'un hasard ?

— Oh ! père Rambert, comme vous allez un peu vite en besogne ! un hasard, sans doute.

Rien de plus. N'empêche que j'aimerais quand même savoir comment ces foutus ossements sont arrivés là.

— Tu sais, moi, mon petit gars, je ne crois pas au hasard. Ils n'auraient jamais dû démolir ce pont comme ils l'ont fait. On se doutait bien que ça arriverait un jour, avec leur construction de port de plaisance. Mais ils n'auraient jamais dû le faire comme ça. Il y avait quelques précautions qu'ils n'ont pas prises. Des trucs qu'ils ne pouvaient pas savoir, ces Sablais. Écoute-moi bien, bonhomme, on en reparlera.

Le bateau accosta quai Guiné. Le père Rambert s'en allait faire quelques courses en ville. Il y avait bien des commerces qu'on trouvait de ce côté et pas de l'autre.

Au commissariat, le capitaine Barteau était planté devant la machine à café. Rien bu, rien mangé depuis hier soir. Et le nez dans une caisse en polystyrène qui sentait encore la marée depuis trois heures. Il s'avachit dans son fauteuil, jeta ses deux pieds sur le bureau.

— Ah ! quand je pense que je dormais à l'aise.

À l'aise, il ne le resta pas longtemps. Le commissaire pointa son nez. Le nouveau commissaire, en fait. En poste depuis une semaine seulement. Alexandre Roullin en finissait avec sa formation et le commissariat des Sables était son premier vrai poste avec ce grade. Mais il n'était cependant pas novice dans le métier. Ancien lieutenant, il avait travaillé sur de belles enquêtes à la PJ de La Rochelle avant de passer le concours. Alors La Rochelle, Les Sables, on peut dire qu'il connaissait un peu la région et aussi le milieu maritime. Il savait respirer l'air de la mer.

— C'est quoi cette histoire d'ossements ? lui demanda Roullin.

— Ah ! un crâne, deux tibias et quelques côtes retrouvés dans une caisse flottant dans le chenal. Un vieux truc sans doute, ronchonna Barteau.

— Un vieux truc peut-être, mais dans une boîte récente et qui, à ce qu'on m'a dit, n'était pas là hier soir. Alors, il va y avoir quelque chose à gratter, vous ne croyez pas ?

— Ouaissss, renâcla « l'inspecteur ». Je vais aller faire un tour à l'hosto, il y a bien un toubib qui va pouvoir me renseigner.

Roullin était à deux doigts d'exploser, mais sa formation en management se rappelait à son bon souvenir. On ne traite pas un subordonné de tous les noms, c'est un coup à avoir des ennuis. Ça n'était pourtant pas l'envie qui lui en manquait.

— Eh bien ! on va y aller tous les deux à l'hôpital. Je ne le connais pas. Vous allez me faire visiter les lieux. On a juste une petite visite de courtoisie à rendre.

Arrivés au centre hospitalier, les deux hommes se dirigèrent vers la chambre mortuaire, dont les employés étaient peu habitués à recevoir ce genre de pensionnaire. Ils avaient d'ailleurs mis le sac dans un coin. Par terre. Heureusement que le service d'entretien n'était pas passé ! Il aurait pu l'emmener dans le local à ordures. Roullin défit tranquillement le lien de fortune qui avait été reposé pour fermer le sac. Le couvercle de la caisse en polystyrène vint avec. Les os n'avaient pas bougé.

— Il y a combien de temps que vous faites ce boulot ? demanda le commissaire au capitaine Barteau, d'un air guoguenard.

— Trente ans cette année. Dont vingt-cinq aux Sables.

— Et là, vous n'avez rien vu ?

— Oh ! Ce matin, c'était sombre sur les quais. Moi, j'ai pas vu grand-chose.

— Donc, vous n'avez fait aucune constatation et pas de premier rapport. Rien qui puisse nous montrer que les deux tibias contenus dans cette caisse avaient été reliés entre eux avec du fil de fer.

Le capitaine Barteau, qui avait enfilé une paire de gants, prit les deux os à pleine main.

— Ah ouais ! vous avez raison !

Puis il tourna les talons. Roullin se dit qu'il n'était pas sorti d'affaire avec un gugusse pareil. De toute façon, il lui faudrait demander de l'aide. Ils ne feraient rien de plus ici ce matin, à part demander aux agents de la chambre mortuaire de ne pas laisser les ossements en vrac dans un coin. La scientifique devrait venir. Le procureur de la République fut aussitôt prévenu.

Le retour au commissariat se fit dans un silence religieux. Le capitaine et le commissaire n'avaient pas grand chose à se dire. Le premier prenait le second pour un jeunot sans expérience. Le second prenait le premier pour un vieux flic aigri, n'ayant traité ici que quelques affaires de seconde zone. Des cambriolages de résidence secondaires, quelques affaires de stups avec saisie de dix grammes de cannabis. Pas de quoi mettre un commissariat sens dessus-dessous.

Pas un jour sans que Roullin pense à son ancien « patron » à la PJ de La Rochelle et à cette fameuse enquête sur les trois cadavres retrouvés sans tête. Affaire dans laquelle le procureur de la République était mouillé jusqu'à l'os. Ce serait difficile pour lui d'être ce Pierre Laroche qui lui avait tout appris du métier. Il lui fallait maintenant faire ses preuves. Et il savait que, discrètement et officieusement, il pourrait toujours l'appeler, lui qui coulait une retraite paisible à moins de 100 kilomètres d'ici. Au musée Saint-Croix qui jouxte le commissariat, se préparait une exposition sur le passé maritime des Sables. Alexandre Roullin aurait sans doute beaucoup de choses à y apprendre. Mais ça devrait attendre un peu.

Le commissaire fonça dans son bureau à l'étage pour rendre compte au procureur de la République qui prit aussitôt l'affaire très au sérieux.

— Commissaire, êtes-vous en mesure de prendre cette enquête en charge ?

— Bien sûr, monsieur le procureur. Pour l'instant, nous sommes en présence d'ossements qui datent vraisemblablement de quelques dizaines d'années. Il y a juste cette histoire de liens qui est étonnante.

— Je fais le nécessaire pour que ces restes soient envoyés au CHU de Nantes où il seront analysés par un légiste, conclut le « proc ».

Dans l'après-midi, c'est un étrange transport confié à la gendarmerie qui prit la route de Nantes. Une caisse en polystyrène, comme celles qui transportent les sardines à Rungis, fermée avec des scellés que le commissaire, accompagné du brigadier Boré, étaient allés poser à l'hôpital.

Dans la foulée, les deux hommes prirent la direction du quai de la Chaume. Roullin avait besoin de comprendre, *in situ*, les circonstances de la découverte du matin.

— Vous êtes Chaumois, Boré ?

— Non commissaire. Je ne suis pas originaire des Sables. Mais oui, un peu quand même, vu que ça fait dix ans que j'habite de ce côté-ci du port.

— Bon, alors emmenez-moi faire un tour du quartier. Je crois qu'il va falloir que j'en comprenne l'âme. Car, à ce qu'on m'a dit à mon arrivée, ici, c'est un peu à part.

— Ah ! ça, sûr ! rebondit Boré. Mais disons plutôt que c'est différent. Ici, c'est historiquement le quartier des pêcheurs. Et de l'autre côté, la ville beaucoup plus bourgeoise. À l'origine, c'était même une histoire religieuse. Au XIVe siècle, la Chaume protestante et Les Sables catholiques, avec ses familles nobles. Aux XIXe et XXe avec l'avènement de la station balnéaire, c'était le télescopage entre une population aisée en villégiature et une autre qui savait ce qu'était le labeur. Le labeur de la mer, avec ses dangers. Je vais vous emmener voir le monument des péris en mer, près du prieuré. De l'autre côté, c'était les familles bourgeoises qui avaient fait construire de belles villas et qui, elles, avaient fait fortune avec le travail des autres. Depuis, les années 1970 et 1980, le remblai s'est progressivement transformé en mur de béton, comme vous avez pu le voir. Jusqu'au lac de Tanchet, c'est presque partout sept ou huit étages.

La voiture s'engagea dans les petites rues. Sébastien Boré emmena le commissaire jusqu'à l'église Saint-Nicolas.

— Voyez, commissaire, un jour où vous aurez plus le temps, entrez dans cette église. Vous comprendrez l'âme de ce quartier. Avec ses bateaux présents partout. Moi, les églises, ça n'est pourtant pas trop mon truc. Mais là, j'y viens volontiers chercher un peu de silence.

Ils se dirigèrent ensuite vers la rue des Doris et sa longue suite de maisons de pêcheurs.

— Faites-moi plaisir, arrêtons-nous au cimetière ancien. Je sais, vous devez trouver ça surprenant que je vous demande de faire cet arrêt. Mais venez voir les pierres tombales. Combien portent la mention « disparu en mer » ? Je ne sais pas, à vrai dire. Mais en voyant ces inscriptions, vous ne pouvez pas vous empêcher de penser à ces tempêtes qui ont emmené les marins, à ces infortunes de mer. À toutes ces familles qui ont été endeuillées dans ces circonstances. Vous savez, la solidarité des gens de mer n'était pas un vain mot lorsque « la grande faucheuse » pointait sa faux au sommet des vagues. Notre société aujourd'hui ferait bien de s'en inspirer.

Leur périple prit fin sur la corniche du Nouch.

— Voilà commissaire. J'espère que je ne vous ai pas trop embêté avec toutes ces histoires. Mais j'espère vous avoir fait comprendre ce qui se passe ici.

— Merci Boré. Pour l'église, promis, j'y reviendrai. Vous avez su me convaincre. Merci sincèrement de m'avoir donné ces clés pour comprendre. Bon maintenant, allons au ponton du passeur.

L'endroit avait retrouvé son calme et le bateau continuait normalement ses rotations. Philippe Thibaudeau était en pause, son service ne reprenait qu'à 16 heures. Mais il traînait toujours dans le coin.

— Oh ! Sébastien ! Depuis l'autre côté de la rue, il interpella le brigadier. Et traversa.

— Philippe, je te présente notre nouveau patron, le commissaire Roullin. Il est arrivé il y a une semaine. Je lui fais découvrir le quartier. Commissaire, je vous présente Philippe Thibaudeau, il est l'un des pilotes du passeur. Il connaît tout le monde de ce côté-ci. Un vrai Chaumois, issu du monde de la pêche. Un peu la mémoire locale.

— Bon, je vous laisse bosser à ce que je vois. Philippe prit congé, non sans avoir dit au commissaire qu'il était à sa disposition au besoin.
— Monsieur Thibaudeau, je crois qu'on va se revoir rapidement.

En pilotant sa navette, Philippe Thibaudeau n'arrêtait pas de penser à ce que lui avait dit le père Rambert quelques heures plus tôt. Le genre de bonhomme qui ne lance pas au hasard ce genre de réflexion. Le personnage lui rappelait celui de son arrière grand-père Louis. Toujours à l'écoute de ce qui se disait dans les ruelles chaumoises et véritable mémoire des lieux. Le père Rambert habitait à deux pas du port, dans la rue du Lieutenant-Maurice-Anger très exactement. La rue de l'Éperon à descendre et il était sur le quai.

Il n'avait pas de prénom. Plus exactement, personne ici ne l'appelait par celui-ci. Philippe l'avait toujours connu se faire appeler par son seul nom quand il était plus jeune. Puis on avait ajouté « le père » dès lors qu'il fut en retraite.

Solitaire, il n'avait pas d'amis. Fréquentait un peu les bistrots, ne payant jamais sa tournée ni acceptant de se faire payer un verre. Ici, on savait où il habitait, mais jamais personne n'avait franchi le pas de sa porte. Et de tout temps.

Quel âge pouvait bien avoir le père Rambert ? Les plus anciens disaient aux environs de 90 ans, se basant sur ce qu'on savait de lui. Vieux célibataire ? Non, il avait été jadis marié, mais sa femme était décédée à la fin des années 1950. Jeune. Elle avait à peine trente ans. Donc née au début des années 1930, 1931 exactement, comme l'indiquait la pierre tombale du cimetière ancien sous laquelle elle reposait. Soixante ans après, le père Rambert s'y rendait deux fois par semaine.

On ne leur connaissait pas d'enfant et lui n'avait plus de famille apparemment. Bref, le père Rambert était une sorte de mystère que finalement personne ne cherchait véritablement à percer, par crainte d'y perdre son temps. Sauf peut-être Philippe Thibaudeau qui calcula rapidement qu'il devait avoir 50 ans en 1978 lorsque le pont de la Chaume avait été détruit. N'oubliant pas ce que lui avait dit le bonhomme quelques heures plus tôt : « Ils n'auraient pas dû le détruire comme ça ». Peut-être une façon d'envoyer un indice aux enquêteurs. Comme une bouée jetée dans le port. Philippe Thibaudeau était dans ses pensées. En arrivant quai Guiné, le bateau tapa d'ailleurs le ponton, ce qui n'était du tout dans les habitudes du pilote. Un passager habitué lui fit d'ailleurs remarquer avec un petit sourire en coin.

Le brigadier Boré avait raccompagné son « patron » après une rapide inspection du ponton où plus aucun indice ne traînait de ce qui s'était passé le matin. Les policiers étaient dans l'attente des analyses du CHU de Nantes afin de décider des suites à donner à l'enquête.

– III –

Les Sables-d'Olonne, 10 novembre 1978

Trois jours que la Chaume est coupée des Sables-d'Olonne. Certes, une rocade permet de contourner le port Olona. Ainsi avait été dénommé le nouveau port de plaisance. Mais quel détour pour faire quelques centaines de mètres à vol d'oiseau. Et la pression ne retombe pas. Le conseil municipal est convoqué le soir-même. Un rendez-vous inscrit depuis longtemps à l'agenda. La séance s'annonçait chaude. L'ordre du jour n'avait pas été modifié. Il prévoyait l'examen du budget supplémentaire. Compte tenu des réactions entendues et lues depuis le milieu de la semaine, la municipalité se doutait bien que le sujet serait ailleurs.

Vers 20 heures, la cour de la mairie est envahie. Il y a bien là cinq cents Chaumois venus manifester leur mécontentement et plus encore. Pancartes de sortie, invectives et même pas une sono à l'extérieur pour permettre à ceux qui n'ont pas trouvé de place dans la salle du conseil d'écouter les débats !

Louis Thibaudeau était là.

Exceptionnellement, il n'a pas rejoint sa chambre aux environs de 21 heures pour une nuit de sommeil réparatrice. Pour rien au monde, il n'aurait manqué ce rendez-vous avec le maire à qui il rêvait de dire ses quatre vérités les yeux dans les yeux. Même s'il était un personnage des quais, Louis ne le connaissait pas particulièrement. Et de toute façon, les Chaumois se méfiaient des Sablais.

Comme imaginé, la séance est houleuse. Louis Thibaudeau, jouant de son grand âge, avait réussi à se glisser dans un coin de la salle du conseil où l'ambiance était chaude et la température élevée.

Ce soir-là, la passe d'arme se fait entre trois élus. Le maire, Albert Prouteau, les conseillers municipaux Jean Huguet, le Chaumois, et Louis Guédon.

— Lors d'une réunion en date du 3 novembre, l'ingénieur en chef de l'Équipement et le responsable de l'entreprise en charge des travaux ont proposé de passer à la phase de démolition le 7. Et vous avez aussitôt signé l'arrêté, attaque Jean Huguet.

— L'arrêté, je l'ai signé avec une date en blanc, lui rétorque le maire.

Le public manifeste sa désapprobation avec force.

— Irresponsable, lance Louis Thibaudeau, dont la voix peine cependant à se faire entendre. Les sifflets fusent. Le calme a bien du mal à être rétabli. Jean Huguet enfonce le clou.

— Monsieur le maire, je suis déçu d'avoir à vous le dire, car j'ai de l'estime pour l'homme que vous êtes, mais je crois profondément que vous avez commis ce 3 novembre une erreur politique irréparable.

Applaudissements dans la foule.

Pour Louis Guédon, les questions sont d'ordre beaucoup plus pratique.

— Cinq solutions de remplacement avaient été retenues pour étude. Il avait été décidé que ces solutions seraient mises en place suffisamment tôt avant la destruction du pont afin de juger de leur efficacité et d'y apporter des améliorations. Or devant quelle situation sommes-nous placés ? Le pont est détruit alors que la voie de remplacement n'est pas opérationnelle. Cela est inacceptable en l'état, nous n'aurions pas manqué d'exiger le respect des décisions que nous avions arrêtées et qui ont été bafouées.

Dans la salle, c'est la foire d'empoigne. Les appels à la démission du maire ou de certains de ses adjoints montent de la foule. Louis Thibaudeau en a assez entendu et s'éclipse discrètement. Son regard n'a pas croisé celui du maire. Ce sera pour une autre fois. Il lui faut trouver son chauffeur puisqu'il n'y a plus de pont. Les élus se sont juste mis d'accord sur un point : une réunion d'information publique sera organisée à la fin de la semaine suivante.

Le lundi matin, les titres de la presse locale résument parfaitement la situation. Pour Ouest-France, « La municipalité prend l'eau ». Pour Presse-Océan, « Le conseil malade du pont » et un billet qui raconte « La triste farce ».

– IV –

Lundi 12 novembre 2018

La veille, le commissaire Alexandre Roullin avait satisfait au rituel des cérémonies du 11-Novembre. Sa première sortie officielle dans son nouveau costume bleu marine avec palmes sur la casquette. Habituellement vêtu en jean et blouson de cuir, il n'affectionnait pas cette tenue dont il disait qu'elle était uniquement de représentation. Destinée, certes, à montrer qu'il incarnait la République, tâche qu'il accomplissait, considérait-il, chaque jour, sans avoir à porter cet uniforme qui le privait de sa personnalité.

Car de la personnalité, il en avait, le commissaire. Il avait fallu voir la tête des policiers quand ils le virent débarquer dix jours plus tôt dans sa tenue vestimentaire préférée. Son prédécesseur était en poste ici depuis quinze ans et, chaque jour, il franchissait la porte du commissariat en costume, noir pendant neuf mois de l'année et gris clair les trois mois d'été. Comme le faisaient les militaires, tenue d'hiver, tenue d'été à des dates imposées. Ses cravates étaient soit délicieusement « kitch », soit ringardes. Mais personne ne l'avait jamais vu débarquer avec une « languette » fantaisie.

Quand le nouveau, la trentaine tout juste dépassée, a débarqué, ils se sont tous dit que ça allait changer. Cool peut-être, mais efficace. Alors forcément, quand le capitaine Barteau arrive ce lundi matin-là, la tête en biais, Roullin constate mais ne dit rien… pour l'instant.

— Barteau ? D'attaque, j'espère ? Parce que je viens de recevoir les résultats d'analyse des ossements dont vous n'aviez visiblement rien à foutre la semaine dernière. Et je crois que vous allez être mis à contribution.

« Il ferait mieux de porter un costard et de ne pas m'emm… dès le matin » rumina le capitaine en son for intérieur. Les deux hommes s'isolèrent dans le bureau du commissaire.

Le CHU de Nantes venait en effet de transmettre son rapport : trace de traumatisme crânien, même si peu visible, traumatisme commis *ante-mortem* ; fractures sur la cage thoracique également ; en revanche, rien à signaler sur le plan médical sur les deux tibias. « Ces ossements n'ont pas séjourné dans l'eau très longtemps. Des traces ADN devraient donc être exploitables » notait le médecin légiste. « Ces fragments sont envoyés au laboratoire central de la police scientifique ». En conclusion, le rapporteur « estimait que la date du décès remontait à quarante ans, avec une marge d'incertitude de plus ou moins cinq ans. Une analyse complémentaire devait également permettre d'affiner cette date ».

— Pas de doute, il ne s'agit pas d'une mort naturelle, lança Roullin à Barteau. Je viens de prévenir le procureur. Pour l'instant, l'enquête reste chez nous. Allez, au boulot !

L'enquêteur avala son troisième café de la matinée. Roullin, lui, entendait que le boulot soit bien fait ici, de façon qu'on ne fasse pas appel à la PJ. « J'entends que votre, que notre commissariat montre qu'il est capable d'exercer tous les métiers qui sont dans ses prérogatives » avait dit le commissaire à l'ensemble des personnels lors de son arrivée. Le processus était engagé.

« Quarante ans, ça nous ramène à 1978. Faut que je trouve ce qui s'est passé dans ces moments-là » ronchonna Barteau. Le brigadier Boré lisait les comptes rendus de plaintes diverses et variées déposées pendant le week-end. Encore et toujours des cambriolages à domicile, dans des voitures, quelques violences suite à des échauffourées en sortie de boîte. Du malheureusement classique et assez banal. En passant dans le couloir, le capitaine interpella le brigadier, dont il savait qu'il était au courant de tout ici.

— Tiens, Boré, même si tu n'étais pas là il y a quarante ans, t'as jamais entendu les anciens parler de novembre 1978 ?

— Ça dépend dans quel domaine ? Pourquoi tu me demandes ça ? T'es nostalgique du temps jadis ?

Il lui fit lire le rapport envoyé par le CHU de Nantes.

— Non ! lui rétorqua le brigadier. C'est sérieux ?

— Forcément que c'est sérieux.

— Alors, je vais te le dire, moi, ce qu'il s'est passé il y a eu pile-poil quarante ans le jour de la découverte de ces ossements. Le 7 novembre 1978, le pont de la Chaume a été détruit sans que personne soit prévenu. Tout était raconté dans le journal la semaine dernière. Et cette histoire a toujours été entourée de mystères.

— Oui, mais le toubib, il écrit qu'il y a une marge d'erreur de cinq ans. Donc, ça veut rien dire ton histoire de pont de la Chaume.

— Sauf que, le relança Boré. Tu vois, cette caisse, elle a été retrouvée précisément à l'endroit où était le pont. Et pas à n'importe quelle date.

— Bon, je fais quoi moi alors ?

— Tu fais ton boulot d'enquêteur, bazar de bazar. Tu te renseignes s'il n'y a rien eu de signalé dans ces moments-là. Tiens, tu vas voir Philippe Thibaudeau, le passeur. Il a peut-être deux ou trois bricoles à te raconter. Voilà son numéro de portable.

Midi sonnait au clocher de l'église de la Chaume. Philippe finissait son dernier passage de la matinée avant l'arrivée de la relève. Il avait après-midi libre. Le capitaine Barteau l'attendait sur le ponton, comme s'il ne voulait surtout pas le laisser s'échapper. L'inspecteur avait une particularité : celle de ne pas dire bonjour, ou alors du bout des lèvres. Philippe Thibaudeau ne fut donc pas surpris quand celui-ci l'entreprit direct.

— Vous avez deux minutes ? Boré m'a dit que vous saviez tout ici.

Le capitaine n'avait pas envie de lui dire d'emblée pourquoi il souhaitait avoir cette conversation. Le passeur, pas né de la dernière marée, se doutait bien de quoi il pouvait s'agir. Il laissa donc Barteau dévoiler ses cartes.

— Il y a quarante ans, en 1978, vous savez s'il y a eu des disparitions, des choses comme ça qui ont été signalées ici, ou dans le secteur.

— Mais il y a quarante ans, moi, j'étais tout gamin. Comment voulez-vous que je sois au courant de ce qu'il se passait ?

— Oui, mais après, vous auriez pu entendre parler ?

— Vous feriez mieux de me dire que vos questions sont liées à le découverte des ossements la semaine dernière. Ce serait plus franc de votre part.

— C'est vrai. C'est lié à ça. Les premiers résultats font état de traumatismes et de décès remontant à quarante ans. Et, en plus, votre copain Boré me dit qu'il est persuadé que la date et le lieu de leur découverte ne sont pas des hasards. Alors d'accord, c'est pas avec une intuition qu'on démarre une enquête, mais tous les renseignements sont bons à prendre.

— Et dans l'immédiat, des renseignements, moi je n'en ai pas. Alors je peux à nouveau vous raconter comment on a trouvé ce sac, et dans les détails même. Mais vous dire qui est dedans, ça, je suis pas devin.

Le père Rambert observait la scène du haut du ponton avec un œil amusé. Après le départ du policier, il s'approcha de Philippe Thibaudeau. Sans tourner autour, il lui demanda ce que pouvait bien lui vouloir Barteau. Qu'il connaissait d'ailleurs car il avait déjà eu plusieurs fois à faire à lui.

— C'est forcément à propos de ces ossements, vous vous doutez bien, père Rambert. Il me demande si, il y a quarante ans, il n'y aurait pas eu une disparition dans le coin, une personne qu'on n'aurait pas retrouvée ?

— Combien de temps tu me dis ?

— Quarante ans. En 1978.

— Ah ! 1978 ! Il est sûr de cette année ?

— Moi aussi, j'ai trouvé drôle cette précision. Mais il doit être sûr de lui.

— Ça ne me dit rien, lui répondit Rambert.

Philippe n'en était pas si certain que cela. Il lui avait dit ça sur un ton qui tendrait à prouver le contraire. Il savait sans doute quelque chose. Le bonhomme était un roublard. Et il avait une longueur d'avance. Le passeur se dirigea vers le *Bar du Pont* pour y retrouver ses copains. Qui sans doute allaient lui parler de sa caisse de polystyrène et surtout de son contenu. Philippe Thibaudeau devait-il leur parler de ce qu'il avait appris en cette fin de matinée. Il estima préférable de garder tout cela pour lui. C'était, après tout, le travail des policiers.

À l'inverse des matelots sablais, la pêche de ce matin pour le capitaine Barteau n'avait pas été miraculeuse et se limitait même à zéro. De retour au commissariat, il bifurqua et, plutôt que regagner son bureau, il préféra rejoindre la salle de repos. Le commissariat des Sables, ça n'était plus ce que c'était. Même plus un bistrot à côté. Alors, il n'y avait rien d'autre que ce local.

— Alors, Barteau ? T'en fais une tête ce matin. Week-end foiré, c'est ça ? lui demanda un des « bleus » qui était en train de déjeuner.

— Non, très bon week-end, mais ce matin, un vrai plan de merde. Figurez-vous que les ossements trouvés dans le port la semaine dernière sont pour le moins suspects. Et le patron veut qu'on creuse ça vite fait pour en avoir le cœur net. Alors il faut que je lui fasse le recensement des personnes éventuellement disparues il y a quarante ans tout juste.

À l'autre bout de la ville, à deux pas du quai de la Chaume, le père Rambert glissait sa clé dans la porte de sa petite maison. Son antre. L'endroit était parfaitement rangé. On y entrait par une pièce principale faisant office de salon. Uniquement. Pas besoin de salle à manger puisqu'il ne recevait personne. Il prenait ses repas dans le coin cuisine et ça lui suffisait bien. Et ça ne lui prenait pas beaucoup de temps, car, à son âge avancé, le bonhomme ne mangeait plus beaucoup. En revanche, il mettait un point d'honneur à se mettre aux fourneaux. Et depuis soixante ans. Un hommage permanent à sa chère épouse trop tôt disparue.

Rambert posa ses courses du matin sur la table. Pas de poisson aujourd'hui puisqu'on était lundi. Il était juste allé à pied jusqu'au supermarché de la Chaume, malgré la distance et son grand âge.

Ce que lui avait dit Philippe Thibaudeau ne quittait pas son esprit. Une disparition il y a quarante ans. D'autant que dès le matin même de la découverte, il était persuadé qu'il n'y avait pas de hasard. La date : le 7 novembre. Le lieu : l'emplacement de l'ancien pont.

Ils allaient donc forcément trouver. Le père Rambert grimpa donc à l'étage dans sa chambre. Il sortit une valise de son armoire. Une de ces valises en carton à bon marché. De celles qu'on trouvait à pas cher. Elle avait fort peu servi puisqu'il ne voyageait jamais ! La chambre était, avec le temps, devenue un lieu de mémoire. Rien n'avait changé ni bougé depuis qu'il était veuf. La tapisserie était, par endroits, décollée. Le rameau sur le crucifix accroché au-dessus du lit n'avait jamais été changé. Une sorte de musée parfaitement bien rangé. Le lit, leur lit, disait-il toujours, était aéré et fait tous les jours.

La valise elle aussi ne portait aucune trace de poussière. À croire qu'elle était régulièrement sortie de son antre. Le mécanisme d'ouverture, qui fonctionnait parfaitement, permettait d'abonder dans ce sens.

Deux « clac » quasi simultanés se firent donc entendre dans la pièce. La valise contenait tous les documents et papiers de famille. Et un dossier. Juste une chemise cartonnée avec un fermoir en tissu, sans aucune inscription dessus. Il l'ouvrit, et, sans tourner les premières feuilles, alla directement jusqu'à une liasse dont les agrafes étaient rouillées, marquée « Étude de Me Voleau / Acte notarié ».

En ce début d'après-midi, le commissaire Roullin prenait tranquillement un café à la terrasse du *Pierrot*, sur le remblai des Sables. Même lors de ses quelques années rochelaises, il n'avait jamais vraiment trouvé aussi bel endroit pour faire sa pause du midi face à l'océan. Il savourait aussi les quelques rayons de soleil malgré une température fraîche, sans doute les derniers avant qu'on ne s'enfonce dans l'hiver.

Depuis dix jours qu'il était arrivé aux Sables, il n'avait pas vraiment eu le temps de savourer une telle pause. Entre les obligations, les visites de courtoisie, à son initiative ou imposées, celles d'appartements en location, les journées étaient passées rapidement. Il devait ensuite passer à l'agence immobilière pour signer un bail. Il avait fait son choix : il habiterait un grand appartement dans une des résidences du boulevard Kennedy, tout au bout du remblai, à deux pas du lac de Tanchet. Vue imprenable sur toute la baie.

Son téléphone retentit. C'était le chef de poste du commissariat.

— Commissaire, je crois que vous devriez vous rendre à la Chaume, sous le préau, là où il y avait le pont.

— Expliquez-moi.

— Je ne préfère pas au téléphone. Mais ne tardez pas.

Cinq minutes plus tard, Roullin y était. Un périmètre de sécurité avait été disposé autour de l'édifice. Sous un banc était posée une caisse blanche. En polystyrène. Un modèle identique à celle retrouvée le mardi précédent dans le chenal. Le capitaine attendait son patron de pied ferme.

— Alors Barteau ? Qui nous a prévenus ?

— On ne sait pas encore. On trace le numéro de portable.

— Pas grave. Il y a de la vidéo-surveillance dans le coin ?

— Oui, une caméra à moins de cent mètres. On vient d'isoler les images, commissaire. Venez voir. Du boulot de pro.

Roullin ne trouvait rien de si extraordinaire aux images qui défilaient devant ses yeux.

— En quoi c'est du bon boulot ?

— Regardez. Il semble s'entourer de beaucoup de précautions. La caisse est posée là très tranquillement.

Son service, le brigadier Boré venait justement de le prendre. La journée commençait bien pour lui.

— Vous allez vous y coller. Vous avez l'habitude, lui lança le commissaire en riant presque.

Avec des surchaussures et des gants, il passa sous le ruban limitant l'accès à la zone protégée. Et, avec précaution, il souleva le couvercle. Bizarre impression. Ses collègues, tout autour, attendaient cette ouverture comme on attend celle d'un cadeau. « Allez Boré, il y a quoi dedans ? » semblaient-ils lui dire du regard. Avec son téléphone, il fit une photo. Reposa délicatement le couvercle. Quelques secondes plus tard, l'image s'affichait sous les yeux du commissaire Roullin.

— On dirait que c'est la deuxième partie d'un puzzle. Cette fois deux humérus, la partie haute de la colonne vertébrale. Moins généreux que la dernière fois. Bon, Boré, vous y retournez avec précaution, vous me mettez tout ça sous scellés. Je vais voir avec le procureur, mais je pense qu'on va acheminer tout cela vers Nantes cet après-midi.

Le capitaine Barteau était resté en recul. Un peu comme l'élève qui cherche à se cacher pour qu'on ne l'interroge pas.

— Barteau, cria le commissaire. Regardez ces images de vidéo cent fois s'il le faut, mais trouvez moi des indices sur celui qui a pu les déposer. Vous m'entendez ?

« L'inspecteur » n'avait plus qu'à s'exécuter.

— Boré, vous venez avec moi. Je voudrais voir votre Philippe… comment s'appelle t-il déjà ?

— Thibaudeau, patron ! Philippe Thibaudeau.

Le brigadier revint quelques minutes plus tard, annonçant au commissaire que celui-ci les attendait à son domicile. Le passeur habitait une typique maison chaumoise rue de Montauban, à deux pas de l'école Paul-Émile-Pajot. Il accueillit les deux policiers, ayant compris qu'il ne s'agissait pas d'une visite de courtoisie. Mais loin d'imaginer ce qu'ils allaient lui annoncer quelques instants plus tard. Comprenant à qui il avait à faire, Roullin décida de ne rien lui cacher.

— J'ai reçu la visite du capitaine Barteau ce matin au ponton, lui raconta Philippe Thibaudeau. Je lui ai juste dit que j'étais trop jeune en 1978 pour me souvenir de quelque chose d'anormal.

— En fait, il y a du nouveau depuis. Une deuxième caisse a été déposée tout à l'heure sous le préau du quai de la Chaume. Du même type. À l'intérieur, il y avait des os, qu'on va dire complémentaires. Deux humérus, des vertèbres. Est-ce que cela vient du même squelette ? Bien sûr, on ne peut pas le dire pour l'instant.

Philippe Thibaudeau laissa s'installer un long silence.

— Quelque chose ne va pas ? demanda son copain Sébastien Boré.

— Si, si, tout va bien. Mais il y a un personnage qui m'intrigue depuis cette affaire. Et tu le connais. C'est le père Rambert. Quand on a trouvé la première caisse, il m'a dit que ça n'était pas un hasard de date ni de lieu. « Ils n'auraient jamais dû le détruire comme ça » m'a t-il affirmé en parlant du pont, alors qu'il allait faire des courses aux Sables. Et ce matin, quand votre collègue est venu, il était à l'écoute de notre conversation. Il a ensuite essayé de tout savoir.

— Tu crois qu'il pourrait savoir des choses ?

— Pas la moindre idée. Seulement, il n'a pas loin de 90 ans et a la mémoire intacte.

Roullin reprit la conversation.

— Vous connaissez beaucoup de monde ici. Est-ce que ça vous dérangerait de passer au commissariat pour visionner nos images de vidéo-surveillance. Il y a peut-être des choses que vous verrez et qui nous auraient échappé.

Il fut convenu qu'il passerait vers 17 h. Les trois hommes prirent le temps d'un café et de parler d'autre chose.

Philippe Thibaudeau était passé au commissariat comme prévu. On lui avait montré les images de vidéo-surveillance. Y apparaissait un individu d'assez grande taille. « Environ 1,80 m » lui avaient précisé les policiers. Vêtu d'un jogging gris et la tête couverte par une casquette à longue visière et une capuche par-dessus. « Somme toute, très banal dans la façon de s'habiller » reconnurent les enquêteurs.

La caisse avait été déposée à très exactement 13 heures et 30 secondes selon l'affichage de la vidéo.

— Ça ne vous dit rien, M. Thibaudeau ? Par les gestes, les attitudes… Cet individu ne vous rappelle personne ?

— Repassez-moi les images, demanda Philippe. Ce qu'on fit. Non, personne, confirma-t-il. Mais j'ai bien mémorisé. Peut-être que sa marche un peu voûtée me servira d'indice. Si j'ai du nouveau, je vous préviendrai.

Il prit congé et s'en retourna à la Chaume, pour se plonger dans les archives de sa famille. Le grenier aménagé de la maison de la rue de Montauban contenait quelques armoires remplies de documents. Un peu un centre de documentation sur la pêche, sur l'histoire locale. Tout cela avait traversé bien des décennies depuis que son arrière grand-père Louis avait entrepris son travail de titan. Philippe savait que toute une partie était consacrée aux coupures de presse locale sur les grands événements sablais et chaumois. Il y avait donc forcément tout ce qui concernait la destruction du pont en 1978. Tous les documents étaient compilés dans des cahiers. Un par année. Philippe alla donc droit au but.

Comme il s'y attendait un peu, les coupures des mois d'octobre et novembre constituaient l'essentiel de cette année. On y retrouvait les comptes rendus des escarmouches municipales. Mais rien qui ne permît d'évoquer une disparition par la suite non élucidée. Il continua de remonter l'année et s'arrêta sur une date à la fin du mois de septembre.

Journal du lundi 25 septembre : la une était barrée par un seul gros titre : « Tragique sortie en mer : deux plaisanciers disparaissent au large des Sables ». Il jeta un œil distrait sur cet événement puis continua sa remontée à travers les semaines. Rien jusqu'au début juillet ne semblait en rapport avec ce qu'il recherchait. Par acquit de conscience, il poursuivit ses recherches sur 1979, tentant de débusquer un élément qui pourrait le mettre sur la piste. Rien !

Philippe revint sur le journal du lundi 25 septembre 1978 relatant cette tragique sortie en mer et entreprit la lecture de l'article par le détail :

« Un drame de la mer a endeuillé hier la ville des Sables-d'Olonne. Deux plaisanciers sont portés disparus après que leur bateau pêche-promenade de 6,50 m aurait chaviré dans la baie des Sables alors que le temps était pourtant fort clément et la mer peu formée. Ce sont les familles des deux hommes qui ont donné l'alerte vers 17 h, ces derniers ayant annoncé le matin avant de partir qu'ils seraient de retour vers 14 h. Le canot de la SNSM *Dr Paul Le Dien* a été rapidement dépêché sur les lieux où les deux plaisanciers allaient généralement pêcher. Ils ont été rapidement suivis par un équipage des sapeurs-pompiers à bord d'un bateau pneumatique. Le dispositif a été appuyé par un avion de l'aéro-club qui a survolé la baie pendant une heure avant la tombée de la nuit pour repérer d'éventuels indices. Peu avant 19 h, deux gilets de sauvetages et une bouée ont été repérés à 1,5 mille au large. Le dispositif a alors été levé en raison du manque de visibilité.

On a appris un peu plus tard dans la soirée que les deux plaisanciers étaient bien connus aux Sables-d'Olonne : il s'agit de Luc Poirson, chef du projet du nouveau port de plaisance et de Pierre Chagnée, promoteur immobilier ».

Dans les jours qui suivirent, d'autres coupures de presse relataient la suite des recherches, toujours infructueuses. Les deux hommes furent officiellement déclarés disparus par les autorités le mercredi soir 27 septembre. On ne retrouva jamais quelconque trace du bateau pêche-promenade.

Philippe Thibaudeau redescendit dans la maison avec son cahier. Le lendemain matin, il appela le commissaire pour lui faire part de cette découverte.

– V –

Mardi 13 novembre 2018

Les ossements découverts la veille sous le préau de la Chaume avaient été analysés dans la nuit au CHU de Nantes. C'est par un coup de fil du médecin légiste que le commissaire Roullin prit connaissance du premier rapport. La datation était la même que pour la première découverte. Seulement voilà, précisa le légiste, « il ne s'agit pas de la même personne. La taille des os ne correspond pas. Les fémurs sont ceux d'une personne de grande taille. Vraisemblablement entre 1,85 m et 1,90 m. Les humérus sont plutôt ceux d'un individu entre 1,70 m et 1,80 m. À ce stade, les autres ossements trouvés ne permettent pas de fournir des détails supplémentaires ». Un mémoire plus complet devrait suivre sous peu.

Alors que le commissaire se dirigeait vers la machine à café, histoire de se donner un peu de tonus, son portable sonna à nouveau.

— Bonjour M. Roullin, c'est Philippe Thibaudeau. J'ai peut-être quelque chose pour vous.

— Je vous écoute.

— J'ai retrouvé une coupure de presse dans les archives familiales. Elle date de fin septembre 1978. Deux plaisanciers ont disparu dans la baie des Sables lors d'une partie de pêche du dimanche. On ne les a jamais retrouvés. Ni eux, ni aucune trace du bateau, sauf deux gilets de sauvetages et une bouée.

— Et pourquoi il y aurait un rapport avec nos ossements ?

— Les deux disparus, commissaire. L'un était le chef du projet de la construction du port de plaisance et l'autre le promoteur immobilier qui devait faire construire une résidence.

— Je vois. C'est effectivement troublant. Est-ce qu'il y avait d'autres coupures de presse qui évoquaient le sujet ?

— Oui, quelques jours après, un article qui disait que leur disparition ne changerait rien puisque la construction de Port Olona était très avancée car la mise en eau devait intervenir peu après. Et aussi que le projet de résidence immobilière était lui aussi finalisé et que rien ne l'arrêterait.

— Je vois. Et vous, vous pensez que ça pourrait être lié ?

— Je n'en sais rien. Mais il faudrait creuser. Je pense que les vieux Chaumois et même Sablais pourraient vous donner des détails que moi je n'ai pas sur cette époque.

— Vous avez raison, M. Thibaudeau, on va remonter le temps… d'autant que… Allez je vous le dis, je vous fais confiance. Les ossements trouvés hier ne proviennent pas de la même personne que les premiers. J'attends un rapport plus complet du légiste.

– VI –

La Chaume, vendredi 17 novembre 1978

La salle des fêtes est pleine. Ce soir, se tient la fameuse réunion d'information annoncée la semaine précédente par la municipalité. Mais un tiers seulement du conseil municipal s'est déplacé, relate le quotidien local. « Et curieusement, quatre élus chaumois manquaient à l'appel ».

— Nous sommes là pour vous donner des explications à la suite du mécontentement que vous avez manifesté et dont nous avons pris acte. Il est de fait que les mesures provisoires ont pu paraître insuffisantes. Il y a eu des bavures, je ne le nie pas.

Étonnant *mea-culpa* du maire, Albert Prouteau. Jean Huguet le reprend.

— C'est la première fois dans l'histoire de notre petite commune qu'un conseil se déplace chez nous. Il est bien évident qu'une telle réunion ayant eu lieu il y a six mois, les problèmes ne seraient pas les mêmes qu'aujourd'hui. Nous n'aurions pas eu à manifester notre colère : il est bon que monsieur le maire s'explique sur les études faites, que nous aurions voulu moins discrètes. Nous ne pouvons pas ne pas tenir compte de la situation qui a été créée. Des gens sont gravement gênés dans leur accès au travail et les dossiers apparaissent théoriques. Ne nous laissons pas endormir ».

— Nous, on ne veut pas de politique, on veut un pont, fit remarquer un participant dans la salle.

L'assistance était là pour débattre du remplacement du pont de la Chaume et pas pour régler des comptes. Et des solutions, il y en avait visiblement plusieurs évoquées : un tunnel entre la place Maraud et le boulevard Roosevelt, à 7,5 m de profondeur et d'un coût de 10 millions de francs ; un tunnel à l'emplacement du pont, de même profondeur et d'un coût de 4 millions de francs ; la création d'un bac, 1,5 million ; des passerelles, mais ces solutions n'avaient pas la faveur des services de l'Équipement ; et enfin un service de car pour un coût de fonctionnement de 300.000 F par an, mais sans investissement.

Reste que tout cela semble rester dans la gorge de certains participants : « On nous a cassé le pont pour que deux cent cinquante personnes puissent acheter leur bateau. La Chaume est prise pour un dépôt d'ordures. Qu'avons-nous fait pour mériter un tel châtiment ? » demandera l'un. Tandis que pour un autre, « Les marins chaumois ont déjà su fermer l'entrée du port en d'autres circonstances et de la même façon, ils sauront manifester leur mécontentement ».

– VII –

Lundi 19 novembre 2018

Dans son bureau du palais de justice avec vue sur la mer – un privilège quand on sait que bon nombre des immeubles de cette vénérable institution régalienne sont plutôt dans un état pitoyable – le substitut du procureur Guilbaud laissait ce matin-là son âme naviguer sur les flots. Plus de vingt ans qu'il était en poste aux Sables-d'Olonne et ça n'était pas à un an de la retraite qu'on allait le déloger.

Substitut il était resté, car il préférait cette terre vendéenne à toute autre, ayant refusé à plusieurs reprises de prendre un galon. Sa seule ambition avait été de rester en un même lieu. Lorsque le vaguemestre lui déposa son courrier, il regarda d'un air étonné le colis déposé devant lui et adressé en nom propre.

« Monsieur Guilbaud, tribunal, 85100 Les Sables-d'Olonne ». Ni adresse précise, ni le numéro de la boîte postale. Cette missive était approximativement de la taille d'une boîte à chaussures. Il s'enquit du fait de savoir si les mesures de sécurité avaient été prises. On lui répondit par l'affirmative. Rare quand même qu'un procureur reçoive un colis postal de la sorte. Il décida quand même d'ouvrir ce paquet parti quatre jours plus tôt de La Roche-sur-Yon, emballé dans du papier kraft, comme à l'ancienne.

Avec son coupe-papier il coupa le ruban adhésif et apparut ce qui était effectivement une boîte à chaussures. Il la souleva et rabaissa aussitôt le couvercle. Elle contenait un crâne. Tout le personnel du parquet fut au courant dans la minute qui suivit. Le procureur, qui était en réunion avec le président du tribunal, fut appelé aussitôt. Le substitut Guilbaud était cramponné aux accoudoirs de son fauteuil. On lui amena un grand verre d'eau.

— Jamais vu ça en trente-cinq ans de parquet, dit-il d'une toute petite voix.

— Ça va aller, M. Guilbaud ? s'enquit le procureur.

— Euh, oui, je crois. Je crois.

La police fut bien évidemment aussitôt avertie. Le commissaire Roullin était sur les lieux cinq minutes plus tard. Il y avait meilleure façon de faire connaissance avec le substitut qu'il n'avait jusqu'alors pas rencontré. Ce qui n'était pas le cas du procureur qu'il avait vu dans le cadre de ses visites protocolaires d'arrivée.

— Allez, tout le monde sort de ce bureau, lança Roullin à la cantonade. Le procureur n'apprécia qu'à moitié et le fit remarquer.

— Désolé, mais vous n'avez pas de gants, donc vous ne touchez à rien, répliqua sèchement le commissaire.

Roullin souleva le couvercle de la boîte, vit à son tour le crâne, plaça le tout dans un grand sac à scellés, interrogea le procureur.

— Je suppose qu'on fait comme pour les autres. Qu'on envoie au CHU de Nantes et que, comme on ne demande rien en express, on guette le facteur tous les matins pour voir si le rapport arrive ?

Façon pour le policier de montrer son agacement, la justice n'ayant pas estimé nécessaire de faire accélérer les procédures après les deux premières découvertes. Cette fois-ci, peut-être donnera-t-elle des consignes.

— Au fait, l'interrogea le procureur entre deux portes, où en êtes vous de votre enquête, commissaire ?

— On a peut-être une piste. Mais toute petite. On sait qu'à la fin septembre 1978, deux personnes ont disparu en mer. On n'a jamais rien retrouvé. Il se trouve qu'elles étaient directement partie prenante dans la construction du port de plaisance. On attend donc un rapport complet sur les ossements pour faire le lien, ou pas.

Le chef du parquet se contenta d'un signe de la tête. Tourna le dos en lâchant « Vous me tiendrez au courant ».

Philippe Thibaudeau était de service ce matin-là sur le passeur. Vers 9 h 30, le père Rambert descendit avec peine la rampe qui mène au ponton. Il avait plu dans la nuit et le bois n'avait pas encore séché. Lorsque le bonhomme embarqua, il était le seul passager à bord du bateau. Sapé dans son plus beau costume. Des vêtements d'un autre temps qu'il ne sortait pas souvent et qui n'avaient pas pris l'air depuis des lustres à en croire l'odeur de renfermé qui s'en dégageait.

— Oh ! père Rambert, qu'est-ce qu'il vous arrive ce matin ? Vous voilà bien beau !

— J'ai rendez-vous aux Sables. Un rendez-vous important.

— Pour sûr que ça doit l'être, répondit Philippe Thibaudeau. Vous voilà dans votre beau costume que je n'ai même pas le souvenir d'avoir vu un jour.

— Je vais chez le notaire, tu comprends.

Il tenait à la main une sacoche en cuir. Elle aussi devait être dans le fond de l'armoire depuis un bon bout de temps. On imaginait à l'intérieur ce qu'il peut y avoir d'important lorsqu'on va chez le notaire. L'étude Voleau était située place du Commandant Guilbaud. Dans un immeuble cossu. « Maitre Voleau fils » pouvait-on lire sur la plaque. Et « petit-fils » aurait-on pu rajouter. L'actuel titulaire de la charge avait succédé à son père qui lui même…

On fit attendre monsieur Rambert dans un salon meublé XVIIIe. Car ici, on le respectait, on ne lui donnait pas du « père ». Monsieur Rambert donc fut assez promptement invité à rejoindre le bureau de maître Voleau fils. Qui d'autre qu'un notaire pouvait savoir ce que représentait cet homme à qui on déroulait presque le tapis rouge. Et surtout pourquoi. Personne en fait. Et surtout pas ceux qui se demandaient ce qui pouvait bien se cacher derrière la petite porte de la rue du Lieutenant-Maurice-Anger à la Chaume. Dans cette maison que l'on ne visitait jamais. Là où vivait un bonhomme qui ne changeait de tenue vestimentaire qu'aux grandes occasions.

Me Voleau avait à sa droite tout le dossier de monsieur « le père » Rambert. Le bonhomme était propriétaire d'un bon patrimoine immobilier. Aux Sables, pour passer inaperçu. Il avait aussi eu des terres dans la zone où était aujourd'hui situé Port Olona. Des terrains qu'il avait vendus dans les années 70 . Il avait aussi acquis, à l'époque, deux appartements sur le remblai. Lesquels avaient fait boule de neige, l'homme étant plutôt près de ses sous.

— Faut que je vous parle des terrains des marais, commença Rambert. Ceux que j'ai vendus en 1975. Là où ils ont construit les résidences du port. Car je pense qu'il y a eu des choses pas très normales à ce moment-là. Je veux dire par là que je pense que j'ai été roulé dans la farine.

Me Voleau écoutait attentivement mais ne comprenait pas où voulait en venir le père Rambert. Il le laissa poursuivre.

— Vous n'étiez même pas né à ce moment. Mais monsieur votre père pourrait vous raconter comment ça s'est passé. Tout ce bazar. Je les revois encore, ces deux-là. Chagnée et Poirson qu'ils s'appelaient. Faut vendre, monsieur Rambert, faut vendre, qu'ils n'arrêtaient pas de me dire. Vous allez voir, vous serez riche. Alors j'ai vendu. Après, tout s'est enchaîné. Quand je leur ai dit que mon notaire était votre père, Chagnée, qui achetait, n'a rien voulu savoir. J'ai le mien à La Roche, qu'il disait. Alors je suis allé à La Roche. Et j'ai signé. Vous devez avoir une copie ici.

— Exact. Mais je dois vous dire que je ne l'ai pas regardée. Et qu'est-ce qui vous fait dire que des points n'étaient pas réguliers.

« Monsieur » Rambert ouvrit alors sa sacoche et en sortit un courrier. Qu'il tendit au notaire. Les yeux de ce dernier s'écarquillèrent. La lettre était anonyme, mais pas faite de lettres collées. L'écriture était en lettres majuscules, très soigneusement faites.

« Vieille fripouille. Tu as osé t'enrichir il y a quarante-cinq ans en vendant tes terrains pour qu'on y installe ce qui représente la puissance de l'argent. On n'a pas oublié que tu as vendu l'âme de ton quartier. On n'a pas oublié ce que toi et tes amis avez magouillé. On n'oubliera jamais. Ton jour viendra. On te poursuivra jusque dans la tombe ».

— Et qui sont les deux dont vous m'avez parlé tout à l'heure ?

— Le concepteur du port et le promoteur immobilier. Remarquez, ils n'ont pas vraiment eu le temps de voir leur bébé puisqu'ils ont disparu en mer en septembre 1978. Ils étaient partis pêcher dans la baie. On ne les a jamais retrouvés. Ni leur bateau.

— Et qu'attendez vous de moi tant de temps après ?

— Je voudrais récupérer cette copie. La faire disparaître.

— Bien évidemment que je peux vous donner cette copie. Mais les originaux sont toujours là où ils ont été signés.

— Ah ouais ! Je vous trouve bien affirmatif

Le notaire donna la copie au vieux bonhomme qui la glissa dans sa sacoche puis prit le chemin du retour vers la Chaume.

À l'étude notariale, Me Voleau appela aussitôt le successeur de son confrère signataire des actes en 1975. Il eut rapidement une réponse en retour.

L'original de l'acte notarié concernant la vente des terrains des marais avait bel et bien disparu des archives de l'étude.

Dans le bureau du substitut Guilbaud, où avait été réceptionné le colis du matin, les techniciens de la police scientifique venus tout exprès de La Roche-sur-Yon étaient à pied-d'œuvre depuis une heure environ. En sortant de l'étude notariale, le père Rambert avait vu ce déploiement de forces devant le palais.

Apercevant le brigadier de police Boré qu'il connaissait, il ne put s'empêcher de demander le pourquoi de tout ce chantier.

— Un colis suspect, alors il faut prendre quelques précautions d'usage, répondit ce dernier. Du tac au tac, le père Rambert enchaîna.

— Oh ! Tu sais, des ossements, ça n'a jamais explosé à la tête de personne.

Comment ce bonhomme pouvait-il savoir que ce colis contenait des ossements ? Boré en resta interloqué. Le vieil homme apporta lui-même la réponse sans qu'on lui pose de question.

— Je vois bien à ta tête que tu demandes comment il sait ça, le vieux ? Eh bien ! Le vieux, il se dit et il te dit que vous n'êtes pas rendus au bout de vos peines, vous les flics. Et que vont remonter à la surface des choses qui vont en déranger plus d'un de ce côté-ci du port comme de l'autre.

Il tourna les talons et retourna vers le passeur pour regagner l'autre rive.

Les premières constatations des techniciens mentionnaient qu'il s'agissait d'un crâne, que celui-ci laissait apparaître une fracture à l'arrière. Que donc, il pouvait s'agir d'un acte homicide. Qu'en conséquence, les analyses plus poussées qui seraient pratiquées par un médecin légiste devraient permettre d'en savoir plus sur les raisons de cette blessure.

Le commissaire Roullin remit tout en ordre dans sa tête. On avait donc une première découverte d'un crâne, de tibias et d'une cage thoracique. Une deuxième de deux humérus et d'une partie haute de cage thoracique. Une troisième d'un crâne avec visiblement des traces d'un traumatisme. Les ossements des deux premières ne correspondent pas à la même personne.

À sa sortie du palais, il fut interpellé par le brigadier Boré.

— Patron, il faut que je vous parle, c'est urgent. C'est encore le père Rambert. Vous savez, celui qui voulait tout savoir lorsque le capitaine Barteau a interrogé Philippe Thibaudeau au ponton.

— Et qu'est-ce qu'il veut encore, ce bonhomme ?

— C'est étonnant. Il est passé tout à l'heure. Il savait qu'il y avait au palais un colis avec des ossements. Et surtout, il m'a dit en partant que bien des choses vont remonter à la surface.

— Bon. Essayez d'en savoir plus avec votre copain le passeur sur ce type qui me semble bien au courant.

La discussion à peine terminée, le téléphone vibra dans la poche du commissaire. Le médecin légiste de Nantes avait terminé son rapport sur les ossements retrouvés sous le préau et il tenait à en faire part lui-même à Roullin. Les constatations confirmaient qu'il s'agissait bien de deux personnes différentes.

— Hommes ? Sûr dans les deux cas ? demanda le commissaire.

— Affirmatif. Les deux. Et puis un détail. Sur le deuxième corps, les traces d'une fracture de vertèbre. Fracture ancienne qui s'est ressoudée.

— Est-ce qu'on peut donner un âge pour ces deux victimes ?

— Compliqué. Je dirai entre 40 et 50ans. Mais je ne prends aucun risque. Je viens de vous envoyer tous les documents par courriel. Vous venez de les recevoir. On m'a dit que vous aviez trouvé un troisième élément.

— Oui, docteur. Un crâne adressé à un substitut du procureur. Il est en route pour votre laboratoire. Vous n'en avez pas fini. Avec un peu de chance, ce sera le complément du deuxième envoi.

Le père Rambert était passé de l'autre côté du chenal. Il resta planté en haut de la passerelle. Et cette question rituelle en cette fin de matinée : le blanc, *Bar du Pont*, *Étoile de mer* ou *Taverne du Passage* ? Il opta pour *L'Étoile de Mer*, où, se dit-il, on lui poserait moins de questions.

Son entrée ne passa pourtant pas inaperçue, costume oblige. Mais on se garda bien de lui faire remarquer. Le bonhomme s'assit à droite en rentrant. Passé l'instant d'étonnement, les conversations reprirent. Rapidement, la nouvelle du palais de justice bouclé avait franchi le chenal. Mais personne ne semblait savoir ce qu'il s'y était passé. On parlait bien de colis, mais avec de la poudre, genre anthrax. D'autres disaient que non, c'était plutôt un détenu présenté à un juge qui avait voulu en finir.

Le père Rambert écoutait et riait intérieurement, prenant bien soin de ne pas participer à la conversation. Un des clients tenta bien de le faire parler.

— Vous qui étiez de l'autre côté ce matin, vous devez bien savoir ?

— Non, répondit le bonhomme. Je suis allé sous les halles. J'ai bien vu des voitures de police passer. Mais je m'en fiche. Et il replongea le nez dans son verre.

Après avoir sifflé un deuxième gros-plant, il posa quatre euros sur la table et salua à la cantonade. On lui rendit son salut, poliment mais sans plus.

Sa maison était à deux pas. Par la rue de la Marche, il regagna la rue du Lieutenant-Maurice-Anger. De loin, il vit bien cette voiture qui roulait à vive allure. Encore un de ces petits cons qui prennent tous les risques, se dit-il. La rue est étroite, il va bien ralentir pour le laisser aller. La voiture ne ralentit pas. Au moment où le père Rambert mettait sa clé dans sa porte, il eut cependant le réflexe d'esquiver. La voiture l'accrocha par le rétroviseur. La sacoche vola en l'air. La voiture, accéléra encore plus, arrivant rapidement place de l'Ormeau. La voisine d'en face avait entendu du bruit, se précipita dans la rue. Le père Rambert était allongé sur le sol. Il se redressa lentement. La femme avait déjà appelé le 112 depuis son portable. Un attroupement s'était formé dans la rue. Les autres riverains avaient eux aussi entendu le bruit causé par cette voiture. Dès qu'il eut retrouvé ses esprits, la sacoche fut son premier sujet de préoccupation. Il souffrait terriblement de son bras gauche. Là où il avait été accroché par le rétroviseur.

Le VSAV des sapeurs-pompiers s'engagea dans la rue. Les hommes prirent rapidement la victime en charge. Le message de la voisine avait été un peu alarmiste. Ils s'attendaient à trouver une personne inconsciente. Le bonhomme était plutôt gaillard. Un équipage de police arriva peu après, commandé par la brigadier Boré. Le père Rambert le reconnut aussitôt.

— Je te redis pas bonjour, toi, lui lança t-il malgré sa douleur et pendant que les pompiers lui posaient une attelle.

— Racontez-moi donc ce qu'il s'est passé, monsieur Rambert.

De prime abord, un simple accident, avec cette circonstance aggravante que le conducteur roulait comme un dingue dans cette rue.

— Non, pas un accident, cria le bonhomme depuis son brancard qui venait d'être hissé dans l'ambulance. Il m'a foncé dessus, tu m'entends. Il m'a foncé dessus.

— Je ne sais pas s'il lui a foncé dessus, rajouta un voisin. Mais je l'ai bien vu accélérer encore plus après l'avoir heurté, et disparaître vers le quai. Tenez, je crois qu'il y a un bout de rétroviseur qui est tombé là-bas.

Ça n'était d'ailleurs pas qu'un morceau qui était tombé plus loin dans la rue, mais la pièce en entier. Un des policiers alla le chercher pour le placer sous scellés. Le brigadier Boré trouvait l'affaire pour le moins étrange.

Les pompiers emmenèrent le père Rambert à l'hôpital où on lui diagnostiqua une fracture du coude. À presque 90 ans, il aurait quand même un peu de mal à s'en remettre et surtout, on ne savait pas s'il pourrait continuer à vivre seul.

— Je sors quand ? demanda le bonhomme au médecin des urgences.

— Demain matin sans doute.

— Et ma sacoche ?

Elle n'était pas avec lui.

L'accident en était-il vraiment un ? Dès son retour au commissariat, le brigadier Boré entreprit de rédiger un rapport détaillé, avec encore en tête la discussion du matin devant le palais de justice : « Vous n'êtes pas rendus au bout de vos peines, vous les flics ». Il signala aussi les faits au commissaire, lui faisant également part de ses doutes. Et si on avait voulu en finir avec le père Rambert ? Roullin qui appréciait la connaissance du terrain du brigadier, l'encouragea à entreprendre des investigations dans ce sens.

Le reste du rétroviseur fut confronté avec les pièces « stockées » dans la base de données. Identifiée, les policiers se rendirent dans l'après-midi chez le concessionnaire de la marque du véhicule. Par chance, celui-ci n'était que peu vendu et les pièces d'occasion n'étaient pas légion. Un peu plus tard, une enquête de voisinage permit de reconstituer approximativement les faits. Du coup, la sacoche fut retrouvée chez une voisine qui l'avait ramassée et la donna. Cette tournée d'enquête se termina au centre hospitalier où le père Rambert avait quitté les urgences pour rejoindre une chambre.

Les policiers le retrouvèrent en pleine forme, assis dans un fauteuil.

— Je n'aime pas être dans mon lit, leur lança-t-il.

— Parlez-nous de ce dont vous vous souvenez, lui dit Boré en lui rendant sa sacoche, qu'il lui arracha des mains et glissa sous son bras valide, comme s'il s'agissait d'un véritable trésor.

Avec une précision d'horloger, le père Rambert leur décrivit exactement ce qu'il s'était passé. Cette voiture qui était à l'arrêt au bout de la rue. Puis sa prise de vitesse lorsque le conducteur l'avait aperçu. « J'ai cru qu'il allait quand même ralentir », leur dit-il. La clé glissée dans la porte, le choc puis plus aucun souvenir de ce qui a dû se passer pendant deux minutes à peine.

— Je me suis sûrement évanoui. Ensuite, je me rappelle que la voisine était à côté de moi, puis que les pompiers sont arrivés. Voilà, c'est tout.

— Et il y a quelque chose qui vous ferait croire qu'il ne s'agit pas d'un accident ?

Le père Rambert ouvrit sa sacoche et tendit la lettre anonyme au brigadier Boré : « Vieille fripouille… Ton jour viendra… On te poursuivra jusque dans ta tombe ».

— Ah ! Mais c'est que ça change tout ! Ça s'appelle tout bonnement des menaces de mort, monsieur Rambert.

Le commissaire Roullin était injoignable. Boré tombait toujours sur la messagerie de téléphone. Au troisième appel, il laissa un message. Lui expliquant les menaces de mort dont lui avait fait part le père Rambert. Le brigadier ne tarda pas à recevoir un appel en retour.

— Qu'est-ce que vous me racontez là ?

— Je voyais qu'il avait quelque chose à me cacher, alors je l'ai poussé un peu dans ses retranchements. C'est qu'il est solide le bonhomme ! Je peux vous dire qu'on ne dirait pas qu'il a eu son accident le midi. Et il a fini par craquer. Il m'a montré une lettre anonyme qu'il a reçue il y a quelques temps. On l'y traite de vieille fripouille. L'auteur écrit qu'il n'oubliera pas et qu'il le poursuivra jusque dans sa tombe.

— Est-ce qu'on y donne les raisons.

— C'est lié apparemment à une histoire de vente de terrains là où sont construites les résidences sur le port Olona.

— Et quand vous l'avez vu le matin devant le palais, vous savez ce qu'il faisait là ?

— J'ai demandé à Philippe Thibaudeau cet après-midi, Le bonhomme lui a dit qu'il avait rendez-vous chez le notaire. Il pense que c'est Me Voleau.

Le brigadier Boré fut invité à s'en préoccuper. Il s'en étonna. N'était-ce pas plutôt le boulot du capitaine Barteau ? Si, lui répondit le commissaire. Mais il préférait laisser les plaintes pour cambriolages à ce dernier.

– VIII –

Mardi 20 novembre 2018

À la prise de service le lendemain matin, Alexandre Roullin convoqua le capitaine pour lui expliquer qu'ils recevraient l'aide du brigadier Boré qui connaissait tout le monde et était sans doute plus à même de faire avancer l'enquête rapidement. Barteau encaissa sans broncher. Et puis après tout, ça ferait toujours ça à faire en moins.

Boré contacta donc le notaire. Qui accepta de le recevoir après ses deux rendez-vous de la matinée. L'officier ministériel était astreint au secret professionnel et surtout à celui des affaires et se montra réticent à dévoiler quoi que ce soit.

— Est-ce que M. Rambert vous a fait part d'inquiétudes, l'interrogea le brigadier ?

— Qu'est ce que vous appelez des inquiétudes ?

— Disons, est-ce qu'il a évoqué avec vous le fait qu'il pourrait ne pas être actuellement complètement serein ?

— Oui, oui, je vois que vous savez des choses. Du moins, je me doute. Il m'a effectivement montré une lettre de menaces de mort.

— Vous en connaissez le sujet ?

— Il est venu me voir pour récupérer l'acte de vente de terrains dans le marais. Je lui ai dit que je n'avais qu'une copie, que l'original était chez mon confrère de La Roche-sur-Yon. Il est donc parti avec cette copie.

— Maître, nous sommes au courant pour cette lettre. Monsieur Rambert nous l'a montrée. Sur son lit d'hôpital. Il a en effet été victime d'un accident ce midi. Renversé par une voiture juste devant chez lui. Nous pensons qu'il s'agit d'un acte volontaire. Vous voyez que, bien que soumis au secret notarial, vous allez devoir nous expliquer ce qu'il se passe.

— Je serai bien en peine de tout vous dire. Selon lui, il y aurait eu des affaires un peu louches à la fin des années 1970 quand a été envisagée la construction du port de plaisance et des résidences immobilières. Il avait été contraint d'aller signer chez un notaire de La

Roche-sur-Yon car l' acheteur de ses terrains ne voulait pas qu'il le fasse ici, chez mon père. Il m'a parlé de deux personnages. L'un était promoteur et l'autre concepteur du port, je crois. Ils seraient, à ce qu'il m'a dit, morts lors d'une sortie en mer.

Le brigadier prit congé.

— J'évoquerais le sujet avec mon père. Lui doit en savoir un peu plus, lui dit le notaire en le raccompagnant jusqu'à la porte.

Comme prévu, le père Rambert était rentré à son domicile le jour suivant son hospitalisation. Son coude immobilisé était finalement un moindre mal. Aussitôt, il reçut la visite des policiers. Le capitaine Barteau était de ce transport, accompagné du brigadier Boré. Tous les deux avaient pour mission, ainsi l'avait ordonné le commissaire, de l'inviter à porter plainte pour les menaces de mort, afin de donner le champ libre à la justice.

Le bonhomme voulut les recevoir sur le pas de la porte, comme à son habitude. Il forcèrent un peu l'entrée pour avoir une petite discussion. Le père Rambert était quand même un peu affaibli, encore sous le coup des calmants administrés à l'hôpital. C'était le moment où jamais d'en profiter.

— Bon. Monsieur Rambert, vous ne pouvez pas en rester là. Hier, on attentait à votre vie. Et ce, peu après que vous êtes allé chez le notaire Me Voleau, récupérer des papiers qui vous semblent bien gênants.

— Ho ! Comment vous savez tout ça ? Vous êtes allés fouiller dans mes affaires ? Le notaire vous a tout raconté ? Je me doutais bien qu'on ne pouvait pas lui faire confiance à celui-là. Ah ! C'est pas comme son père ! Lui n'aurait jamais parlé. Il savait garder les secrets dans les affaires. Alors comme ça, vous voulez que je porte plainte pour l'accident ? Jamais, vous m'entendez. Foutez-moi la paix avec ça !

La partie n'était pas gagnée. Rambert avait haussé le ton. Encore deux phrases et il allait mettre les policiers dehors.

Ils prirent congé mais décidèrent de rester à proximité. En surveillance. Ils avaient vu juste. Quelques minutes plus tard, le père Rambert sortit de sa maison et prit la direction du cimetière ancien de la rue des Doris, trottinant à travers les petites rues. Pas question pour lui de manquer la visite à feue Mme Rambert, dont la sépulture jouxtait le monument aux morts pour la France de la Chaume. Dans le cimetière, plusieurs visiteurs s'activaient à nettoyer les chrysanthèmes de la Toussaint. Il salua quelques têtes connues, mais n'engagea la conversation avec personne. La nouvelle de son accident avait pourtant fait le tour du quartier rapidement dans la journée d'hier. Il entama son monologue à Augustine.

— Ma pauvre, tu te rends compte ce qu'ils ont voulu me faire hier. Me tuer. Remarque, j'aurai enfin pu te rejoindre. Je crois que, à 90 ans, mon passage sur cette terre a assez duré. Il faut que je te parle aujourd'hui. De choses que je ne suis jamais venu te raconter. Tu sais, il y a bientôt quarante-cinq ans, en 1975, je crois que j'ai fait une grosse bêtise. À propos des terrains du marais. Ma pauvre Augustine, j'ai accepté de les vendre à deux types que je ne connaissais pas. J'ai cédé à l'attrait de l'argent. Et aujourd'hui, j'en paye les conséquences. Oh ! Ça n'est pas qu'officiellement je les ai vendus cher. Non, je les ai vendus le prix. Sans plus. Mais les types, ils m'ont aussi proposé deux appartements dans les nouveaux immeubles du remblai des Sables. Tu penses que je n'ai pas refusé,

Augustine. Quand tu sais le prix que ça se vendait, ces cages à lapin. Ils m'ont alors bien dit de la fermer. Ils m'ont même fait signer chez un notaire de La Roche-sur-Yon. Ils ne voulaient pas que ça se sache aux Sables. C'est après que j'ai compris ce qu'ils voulaient faire des terrains du marais. Les revendre dix fois le prix et construire des immeubles dans ce qu'ils commençaient à appeler le nouveau port de plaisance…

Trois places plus loin, un couple procédait au grand nettoyage de la tombe d'un de ses proches. Le père Rambert coupa net son monologue.

— Je te raconterai la prochaine fois, mon Augustine. Je crois qu'ils font tout pour m'entendre.

Il rebroussa son chemin et, fidèle à ses habitudes, reprit la direction des quais pour faire quelques courses.

Effervescence. Le commissaire avait rassemblé ses enquêteurs dans la salle de réunion. Le rapport légal reliait le crâne trouvé dans le bureau du substitut du procureur Guilbaud aux ossements découverts à l'emplacement de l'ancien pont. L'enquête va devoir passer à la vitesse supérieure. D'autant que le médecin confirme que ceux-ci aussi n'ont pas séjourné dans l'eau.

— Nous sommes donc en présence de restes qui ont été déposés je ne sais où. Et qu'on nous ressert sur un plateau, ou presque, quarante ans après et, comme par hasard, à l'anniversaire de la destruction du pont de la Chaume.

Les policiers écoutaient leur patron et prenaient en notes les consignes qu'on leur donnait. Alexandre Roullin poursuivit.

— On va donc orienter l'enquête sur plusieurs axes : 1. En savoir plus sur cet accident de pêche de septembre 1978, sur la personnalité des victimes. 2. Retrouver leurs descendants pour avoir la confirmation ou pas qu'il s'agit bien de leurs ossements. 3. S'il s'agit des bonnes personnes, remonter l'histoire locale pour savoir ce qu'il s'est passé entre 1975 et 1978 qui aurait pu amener à ces agissements. Et si ça n'est pas le cas, on avisera.

On se repartit en plusieurs groupes. Et au boulot.

– IX –

Les Sables-d'Olonne, dimanche 24 septembre 1978

En ce début de matinée de fin d'été, bien du monde se pressait quai Garnier. Sur le ponton, Pierre Chagnée procédait à l'embarquement du ravitaillement du jour. Son bateau pêche-promenade de six mètres n'était pas sorti depuis trois semaines. Les curieux, souvent touristes, regardaient toujours ce va-et-vient des plaisanciers qui s'apprêtaient à prendre la mer. Le bassin était très encombré, avec ses bateaux de pêche et de plaisance.

— Ah ! vivement l'année prochaine que le nouveau port soit ouvert ! On y verra plus clair.

Par ces mots, Chagnée accueillit Luc Poirson, pas collègue, ni ami. Seulement relation d'affaires et de travail. Qu'il convenait d'avoir dans sa poche si le promoteur voulait que l'élaboration de son méga projet pour que le futur Port Olona aille à son terme.

Quatre ans que ces deux-là se connaissaient. Depuis que le projet de port de plaisance avait été sérieusement lancé. Poirson en était le concepteur. Ingénieur de travaux publics de formation, c'est à lui qu'on avait confié ce vaste chantier. Titanesque même, puisqu'il s'agissait de transformer une vasière. À cette époque, la navigation de plaisance était en plein développement et chaque station envisageait de se doter d'un tel équipement, symbole de son dynamisme économique et de son attrait.

Ça n'était pas la première sortie en mer que les deux hommes effectuaient ensemble. Sablais d'origine, Pierre Chagnée connaissait parfaitement la baie et même au-delà, puisqu'il lui arrivait de pratiquer la navigation à voile sur le bateau d'amis à lui. Leurs plus grandes sorties pouvaient les emmener jusqu'à l'île de Ré au sud ou à Belle-Île au nord.

Alors, cette promenade dans la baie des Sables, qui plus est sur un pêche-promenade avec un moteur de 100 ch était pour lui une formalité. Le tandem largua les amarres à 9 heures 30. Pierre Chagnée, en bon marin, avait estimé et dit à son épouse qu'il devraient être de retour vers 14 heures. Le chenal de sortie était très fréquenté. Le promoteur salua quelques connaissances. Passé le feu rouge de la jetée Saint-Nicolas, le bateau attaqua les vagues d'une mer assez formée. Pas assez cependant pour empêcher la sortie. Après trente minutes de navigation, Pierre Chagnée coupa le moteur. La houle avait un peu faibli. Les deux hommes sortirent le matériel de pêche. Deux cannes par personne qu'ils accrochèrent à l'arrière du bateau. Afin de se caler un peu l'estomac, Pierre Chagnée sortit le pain, le beurre, des boîtes de sardines et le saucisson. Luc Poirson ouvrit la glacière.

— Un petit coup de blanc pour commencer ?

— Ma foi ! acquiesça Chagnée.

Pendant qu'ils attaquaient ce petit-déjeuner bien garni, les quatre lignes étaient à l'arrière. La clochette n'avait pas encore sonné, ce qui aurait signifié qu'une prise avait mordu à l'hameçon. Ce qui ne fut pas long. Cinq minutes plus tard, il remontaient un beau bar. Suivi par de quoi faire une bonne cuisinée de maquereaux. Puis quelques autres bars. Vers 13 heures, la pêche, à défaut d'être miraculeuse, avait été bonne. Les deux hommes décidèrent de passer aux agapes de midi. Le casse-croûte de matinée, bien que pas tant que ça éloigné en termes de temps, était bien loin dans les estomacs. Occupés à trinquer, verre de pineau à la main, ils ne virent qu'au dernier moment cette embarcation qui se dirigeait à grande vitesse vers eux. Vingt-cinq à trente nœuds sans doute.

— Qu'est-ce qu'il fait, ce con ? Il ne nous a pas vus ou quoi ?

Le bateau d'une dizaine de mètres battit en arrière au dernier moment, provoquant une vague qui « brassa » le pêche-promenade encore à l'arrêt.

À dix-sept heures, toujours sans nouvelles de son mari, l'épouse de Pierre Chagnée prévint les secours.

– X –

Mercredi 21 novembre 2018

Qui étaient donc Pierre Chagnée et Luc Poirson ? Le capitaine Barteau avait la délicate tâche de se pencher sur leur personnalité. Et ce ne fut pas simple, quarante ans s'étant écoulés depuis leur disparition. Les archives du commissariat étaient vides de dossier les concernant.

Les recherches entreprises au tribunal de commerce donnèrent quelques indications sur le premier nommé. L'entreprise *Chagnée Immobilier* y était inscrite depuis le début des années cinquante. Pierre Chagnée y avait fait ses premières armes professionnelles à partir des années soixante sous la bienveillante protection de son père, dont il prit la suite en 1971. L'activité ne semblait pas révéler quoi que ce soit d'anormal… sauf à partir de 1975, année pour laquelle le tribunal avait émis des réserves sur la sincérité des comptes déposés. Soupçons qui ont été confirmés par la suite. *Chagnée Immobilier* était devenu un très gros promoteur dès lors que l'on avait commencé à construire tous les immeubles du remblai des Sables. L'entreprise avait de très gros besoins de trésorerie pour lancer ses programmes et quelques notes confidentielles de l'époque font état de la réticence de certains établissements bancaires à intervenir pour prêter de l'argent au promoteur. Le capitaine Barteau devait essayer d'en trouver la raison.

Sur Luc Poirson, le policier ne devait trouver que quelques documents administratifs, l'homme ayant un passé de fonctionnaire, ingénieur de formation, spécialisé dans le domaine maritime. Son nom apparaissait dans les dossiers de nombreux aménagements portuaires de la région. En 1974, il fut complètement détaché par son ministère d'origine, l'Équipement, pour la conception du futur port de plaisance des Sables. « Fonctionnaire intègre » notait son dossier administratif. Appréciation étonnante qui laissait entendre qu'on puisse ne pas l'être dans un environnement où les enjeux financiers peuvent être énormes. Et ici, aux Sables, ils l'étaient forcément compte tenu de la taille du port, dont le premier projet prévoyait la création de plus de 600 places de bateaux.

Restait maintenant à identifier des descendants des deux victimes de l'accident de septembre 1978. Ceux de Pierre Chagnée vivaient toujours sur place. Ses deux fils, âgés aujourd'hui de 60 et 62 ans, avaient continué à faire vivre l'entreprise familiale avant de la revendre en 2007, juste avant la crise immobilière, à un grand groupe international. Il n'y aurait donc aucun problème à faire une identification ADN.

Pour Luc Poirson, cela s'annonçait plus compliqué. Et simple à la fois. Le miracle des immatriculations à la Sécurité Sociale permit de retrouver Éric Poirson, fils de… installé depuis 1985 à la Réunion où il pratiquait la médecin générale. On devrait donc demander à la police locale de procéder aux prélèvements.

Un premier rapport fut rapidement déposé sur le bureau du commissaire Roullin.

Dans le dispositif mis en place par ce dernier, le brigadier Boré avait pour tâche d'en savoir plus sur l'accident proprement dit. Là encore, la tâche ne s'annonçait pas simple. Il faudrait trouver des témoins. Il demanda à consulter les archives de la station SNSM qui devait bien noter toutes ses interventions dans un livre.

Page 47 du registre.

« Dimanche 24 septembre 1978. Sommes appelés à 17 h 18 pour bateau pêche-promenade n'étant pas rentré au port aux environs de 14 h, comme annoncé le matin par équipage composé de deux personnes. Nous nous rendons sur zone supposée, baie des Sables-d'Olonne. Procédons à recherches visuelles avec l'aide d'un équipage sapeurs-pompiers et appui avion aéro-club. Pompiers entament recherches face à la plage. Équipage SNSM se rend plus au large et sur zone phare des Barges. À 18 h 58, équipage avion nous signale des objets flottants à un demi-mille dans l'axe de sortie du port. Nous nous rendons sur place. Récupération de deux gilets de sauvetage et d'une bouée sans marquage. Ces trois objets portent la trace d'hydrocarbures. Interrompons recherches à 19 h 20 à la nuit tombante. Dans les locaux de la station, épouse de l'un des deux membres d'équipage identifie formellement les deux gilets de sauvetage, portant les lettres PCh pour Pierre Chagnée. Informations, gilets et bouée transmis à police nationale présente sur place. Fin ».

Le brigadier Sébastien Boré avait tout noté soigneusement. Bizarre tout de même que les archives du commissariat ne mentionnent pas ce dossier pourtant transmis en bonne et due forme le soir même du 24 septembre. Et ces traces d'hydrocarbures ? N'étaient-elles pas la preuve que le bateau aurait bien coulé ? Tout simplement ? Dès lors, était-on vraiment sur la bonne piste en cherchant à associer cette histoire d'ossements avec cette disparition datant de quarante ans ?

Le soir-même, le commissaire Roullin réunit toutes ses troupes pour faire le bilan de cette journée. Le capitaine Barteau avait demandé à la justice d'autoriser les prélèvements ADN. À la Réunion, cela devait être fait le lendemain et acheminé aussitôt en métropole. Pour les deux descendants de Pierre Chagnée, rendez-vous était pris au même moment au centre hospitalier local.

Sébastien Boré consigna son travail de la journée dans un mémoire de trois pages qu'il donna au « patron ». Il n'y avait guère que sur les faits et gestes de la période 1975-1978 que l'on n'avait guère avancé, faute de moyens.

Cela serait également fait le lendemain en convoquant le père Rambert au commissariat. Les policiers voulaient l'entendre dans un cadre plus solennel, afin de lui extirper des informations un peu plus précises sur les ventes de terrains.

Philippe Thibaudeau finissait son service de passeur à 19 heures. À cette heure et à cette saison, les passagers n'étaient pas légion. Un grand jeune homme prit place à bord du bateau côté quai Guiné pour cette dernière traversée. Il sortit 1,10 euro de sa poche pour payer son ticket à l'unité. Le pilote l'avait vu descendre la passerelle et avait été intrigué par sa démarche. Il avait parfaitement mémorisé le personnage vu sur les images de vidéosurveillance du commissariat. Il prit une feuille de papier posée dans le poste de pilotage et nota tous les détails : les vêtements, la chevelure, le comportement, mais n'osa quand même pas faire une photo discrète avec son téléphone portable. Selon lui, pas de doute, il y avait une ressemblance. Arrivé à la Chaume, il ne put malheureusement pas le suivre, devant amarrer le bateau pour la nuit. Tout juste le vit-il entrer dans la rue du Moulin.

— Jamais vu ce gars-là jusqu'à présent, confia t-il a son copain Sébastien Boré quelques minutes plus tard. Ce dernier, son service fini, était passé par le *Bar du Pont* saluer la compagnie avant d'aller à son entraînement de basket.

— Et t'es sûr qu'il a pris la rue du Moulin ?

— Formel. Mais bon, cette rue, elle peut t'emmener partout dans la Chaume. Ce qui est sûr, c'est ce que ça n'est pas un habitué. D'abord, je l'aurai reconnu avant. Ensuite, il n'aurait pas pris un ticket à l'unité. Enfin, je voyais bien qu'il ne comprenait pas comment fonctionnait le système de barrière avant d'embarquer.

— Dommage que tu n'aies pas fait de photo. Allez, je t'appelle demain matin. Le policier quitta les lieux.

– XI –

Jeudi 22 novembre 2018

— Qu'est-ce que vous me voulez encore ?

Fidèle à son habitude, le père Rambert accueillit les visiteurs du matin plus que fraîchement. Le brigadier Boré prit des nouvelles de son état de santé.

— Vous devriez demander une aide-ménagère pour votre cuisine et votre ménage.

— J'ai déjà dit non ! Même d'une main, je me débrouille. C'est juste un mauvais mois à passer.

Il fallait maintenant passer à l'essentiel. Lui signifier qu'ils allaient l'emmener avec eux au commissariat pour y être entendu.

— Pourquoi donc ? demanda le bonhomme.

— Parce que vous m'avez fait comprendre l'autre matin que vous saviez que le colis arrivé au palais de justice contenait des ossements alors que personne n'était au courant. C'est suffisamment intriguant, non ? On dirait que vous en savez des choses ! Et puis on va s'occuper des menaces de mort. C'est une affaire qu'il faut prendre au sérieux. Qui vous en veut ?

— Les menaces de mort, comme vous dites, c'est mon affaire, pas la vôtre. C'est clair !

D'un « pfuit » et d'un geste de son bras valide, Rambert mit fin à la conversation. Il prit son caban et monta à l'arrière de la voiture des policiers. « On aurait pu faire ça ici » leur lança t-il alors que le véhicule démarrait.

Alors qu'il consultait la presse du matin sur son PC, le commissaire Roullin vit la fenêtre annonçant l'arrivée d'un courriel traverser l'écran.

« Rapport complet sur la découverte d'un crâne »

Passées les formules convenues, utiles en cas d'action judiciaire, il confirmait ce qui avait été annoncé l'avant-veille : il y avait une correspondance entre ce crâne et la deuxième découverte d'ossements. Concordance de taille, de datation. Le médecin légiste estimait à 95 % la probabilité qu'il s'agisse de la même personne. Rapport qui incluait les analyses faites sur les deuxième et troisième découvertes.

Puisqu'il était aussi avéré que ces os n'avaient pas séjourné dans l'eau, il faudrait également découvrir leur provenance. En l'état, l'enquête était à l'arrêt tant que les résultats des analyses ADN ne seraient pas connus. On installa le père Rambert dans une pièce jouxtant le bureau du commissaire.

— Bonjour monsieur Rambert, le salua Alexandre Roullin. Je vous en prie, installez-vous.

— Vous pouvez me dire ce que je fais là ?

— Nous avons quelques questions à vous poser. Nous menons une enquête sur la découverte de plusieurs ossements. Il nous semble que vous en savez beaucoup sur le sujet. Je vous rappelle que vous faites l'objet de menaces de mort écrites et qu'on a tenté de vous renverser dans votre rue.

— Pour ça, j'ai déjà dit que c'était mes affaires. Pour le reste, je peux éventuellement répondre à vos questions. Je sais que vous vous êtes déjà informés. Auprès du notaire, notamment. Ah ! celui-là, si j'avais su !

— C'est pour ça que vous lui avez retiré vos dossiers pas si clairs que ça. Je comprends bien ?

— Ahhhh ! lâcha Rambert montrant un signe d'agacement.

— C'est pourtant bien ce que vous êtes venu faire faire l'autre matin. On nous a parlé d'une histoire de vente de terrains dans le marais derrière le port dans les années 1970. Monsieur Rambert, est-ce qu'il y a un rapport entre cette vente et le fait qu'aujourd'hui on veuille vous faire taire, selon vous ? Pourquoi avez-vous dit qu'on ne serait sans doute au bout de nos surprises à propos de ces ossements découverts ?

— À partir de maintenant, je me tais. Raccompagnez-moi à la maison.

Ainsi prit fin la « petite conversation ». Un équipage le raccompagna à la Chaume. Dans une voiture banalisée.

Le brigadier Sébastien Boré avait attendu la fin de cet entretien pour informer le commissaire de ce que lui avait raconté la veille au soir Philippe Thibaudeau. « Si cela se reproduit, dites-lui de nous informer immédiatement », lui répondit-il.

– XII –

Lundi 3 décembre 2018

L'enquête était à l'arrêt depuis une bonne semaine. Le père Rambert, de crainte d'être sous le feu des questions, sortait à peine de chez lui. La mort dans l'âme, il avait contacté le centre communal d'action sociale afin de bénéficier des services d'une aide-ménagère. Mais uniquement pour aller faire ses courses et un peu de cuisine, un minimum de ménage et interdiction de monter à l'étage. Les choses étaient très claires. Et un dernier détail qui, pour lui, avait son importance : qu'elle ne soit pas de la Chaume pour ne pas aller raconter ensuite ce qui se passait chez lui.

Les policiers étaient toujours dans l'attente des tests ADN. Ils avaient, la semaine écoulée, découvert dans le casier judiciaire de Pierre Chagnée, une condamnation pour escroquerie sur personne vulnérable en 1972.

Le promoteur s'était porté acquéreur d'un terrain à construire au Château-d'Olonne, près du Puits-d'Enfer, à un prix très modique. L'enquête avait montré qu'il avait extorqué une signature à une vieille dame de 80 ans, sans descendants. En fouillant dans le dossier, Sébastien Boré constata que l'acte avait été enregistré chez un notaire des Sables. Un certain… maître Voleau, installé place du Commandant-Guilbaud. Ce dernier devait certainement se souvenir de cette affaire, tant la transaction avait été faite à un prix ridiculement bas.

L'étude de Me Voleau, du temps du père, était-elle si intègre que cela ? Peut-être pas. Les policiers tenteraient de le savoir très prochainement. Ils auraient quelques questions à lui poser s'il s'avérait que ce sont bien les corps de Pierre Chagnée et de Luc Poirson qui avaient été retrouvés. L'arrivée, quelques heures plus tard, des résultats des tests fit l'effet d'un coup de massue dans le commissariat. Le capitaine Barteau venait de les recevoir par courriel.

— Mais qu'est-ce que c'est ce bordel ? cria-t-il dans son bureau. La porte était grand ouverte et cela résonna dans tout le couloir.

Roullin et tous les autres accoururent, pensant qu'il était arrivé quelque chose à « l'inspecteur ».

— Un souci, Barteau ?

— Regardez, patron ! Ce sont les résultats ADN. Et ça ressemble à une tuile. Ça matche pour les deux fils de Chagnée. Ce sont bien des ossements de leur père. En revanche, pour le fils Poirson, aucune correspondance. Je crois que ça ne va pas faciliter nos affaires.

— Non, pas vraiment ! Bon, dans un premier temps, Barteau, vous prenez deux hommes et vous continuez à chercher sur Chagnée. On sait maintenant qu'il n'a pas disparu en mer mais qu'il a très vraisemblablement été tué. Boré et moi, nous allons essayer de voir dans le passé de Poirson s'il n'y a pas quelque chose. Lui aurait donc péri ce jour-là et serait au fond de l'eau ? Sébastien, renseignez-vous sur la commune de naissance du fils et demandez un acte de naissance.

Le commissaire avait appelé le brigadier par son prénom. Quelques regards s'échangèrent dans l'assistance. C'était une marque de confiance de sa part.

— Vous avez son numéro de Sécu, ça doit prendre deux minutes, avait précisé Roullin.

La recherche ne prit effectivement que quelques secondes. Elle mena tout de suite le brigadier vers… Olonne-sur-Mer. Deux heures plus tard, l'affaire était réglée.

— Patron, j'ai l'acte de naissance. Et il porte une mention marginale très intéressante. Le fils Poirson, normal qu'il n'ait pas le même ADN que son père. Ça n'était pas son géniteur. Enfant adopté. Au début des années soixante.

— Et vous pensez qu'il ne le sait pas ?

— Ça me paraît improbable. Il a presque 60 ans aujourd'hui, et il a forcément eu besoin, un jour ou l'autre, d'un acte de naissance.

— C'est exact. Et pourquoi ne nous l'aurait-il pas dit quand on lui a demandé de faire le test. Il est médecin en plus. Donc, il sait forcément qu'on ne risque pas de trouver le même ADN. Quel décalage avec la Réunion ?

— Actuellement trois heures.

— Je l'appelle.

Le commissaire avait rejoint son bureau et s'y enferma. Il était 11 heures aux Sables-d'Olonne, 14 heures dans le département de l'océan Indien. Le Dr Poirson était en consultation et sa salle d'attente était pleine. « Il n'aura pas le temps de vous rappeler aujourd'hui » avait répondu sèchement la secrétaire. « Vous lui direz qu'il vaut mieux, sinon je le fais chercher par la police locale » l'avait menacée le commissaire. L'affaire en était restée là. Dix minutes plus tard, le téléphone sonnait au premier étage du commissariat des Sables.

— Dr Poirson. Ma secrétaire me dit que vous cherchez à me joindre d'urgence. Faites vite, je suis pressé. Je suppose que c'est à cause de cette histoire d'ADN ?

Alexandre Roullin n'avait pas eu le temps d'en placer une. Même pas de dire bonjour. À l'autre bout non plus, l'interlocuteur n'avait d'ailleurs pas dit bonjour.

— Oui docteur. Pour cette histoire d'ADN. Si je vous dis que le vôtre ne correspond pas à celui prélevé sur les ossements trouvés aux Sables, vous ne serez pas surpris ?

— Ça signifie tout simplement que ce n'est pas mon père !

— Alors pourquoi ne l'avez-vous pas dit quand nous vous avons demandé de faire ce prélèvement ?

— Je, je, je… je ne peux pas vous répondre présentement. Rappelez-moi ce soir vers 19 heures, heure de métropole. Je serai seul.

Le médecin raccrocha promptement, laissant le commissaire avec son téléphone à la main. La future séance d'explication n'était pas gagnée. Il fallait maintenant s'occuper du notaire Voleau. « Et celui-ci, je m'en occupe » annonça le commissaire.

Dans la vaste maison de la place Commandant-Guilbaud, l'ancien notaire occupait toujours le premier étage. À son retrait de la vie professionnelle, il avait mis cette condition au fait que l'étude reprise par son fils pourrait rester en ces murs. Monsieur Voleau père était de ce genre de notaire-notable qui régnait en maître à sa façon sur la ville. En fouillant dans son passé, Roullin avait appris qu'il avait été conseiller municipal, au début des années 1970 justement. Mais il avait renoncé à cette charge en cours de mandat. En 1975. Conseiller municipal, mais sans charge particulière. Il n'avait jamais accédé au poste d'adjoint à un moment où se prenaient des décisions importantes pour l'avenir. Et notamment sur la création du port. Était-ce cela qui l'avait fait quitter l'assemblée communale ? Pas impossible, imagina le commissaire. Le notaire avait-il essayé de mélanger les genres sans y parvenir.

Financièrement, les enjeux étaient énormes. Le port de plaisance, c'était des millions de francs en jeu et le projet immobilier prévu autour pouvait susciter bien des convoitises. Et quelques prises d'intérêts particuliers. Le commissaire ne s'était pas fait annoncer et tenta sa chance de façon impromptue.

— Maître Voleau n'est pas là cet après-midi, répondit la secrétaire à l'accueil de l'étude.

— C'est maître Voleau père que nous venons voir, précisa Alexandre Roullin, accompagné de Sébastien Boré.

— C'est que… je n'ai pas le droit de le déranger. Ses appartements sont dissociés de l'étude. Je dois prévenir son fils.

— Alors, dites-nous s'il y a une entrée indépendante et nous irons y sonner.

Il n'y en avait pas. L'ancien notaire passait par la grande porte pour rejoindre ses appartements. L'escalier principal en colimaçon plaidait en ce sens. Une voix se fit entendre sur le palier à l'étage.

— Qu'est-ce que c'est, mademoiselle ?

— Deux messieurs qui demandent à vous voir maintenant, maître.

— Deux messieurs de la police, prit soin de préciser le commissaire. Et c'est urgent.

— Montez !

Le notaire ne s'embarrassa pas de formule de politesse pour accueillir les deux hommes qui, visiblement, le dérangeaient. Il les fit patienter dans un salon, leur demandant d'attendre quelques instants.

— Qu'est-ce qui me vaut l'honneur de cette visite impromptue ?

— L'un de vos anciens clients, monsieur Rambert, a reçu des menaces de mort. Cela pourrait être lié à une affaire de vente de terrains où ont été construites les résidences immobilières de Port Olona. Il est venu récemment chez votre fils récupérer une copies d'acte.

— Je suis au courant. Il m'en a parlé.

— Il vous a aussi sans doute dit que les originaux avaient disparu des archives de l'étude où ils ont été signés à La Roche-sur-Yon.

— C'est exact, et c'est fort regrettable. D'autant que seuls les originaux ont valeur.

— Maître, nous aimerions savoir ce qu'il s'est passé à cette époque autour de cette affaire.

— Oh ! vous savez, j'ai traité tellement d'affaires dans ma vie professionnelle que je ne me souviens pas particulièrement de celle-ci !

— Connaissiez-vous Pierre Chagnée, qui était l'acquéreur de ces terrains ?
— Une connaissance, sans plus.
— Pourtant, vous avez été en affaires avec lui ?
— Pas que je m'en souvienne.
— Il a été condamné en 1972 pour une extorsion de signature sur personne vulnérable. À propos également d'une affaire de terrains au Puits-d'Enfer. Or, cet acte a été signé chez vous. Parce que cette vieille dame de 80 ans y était déjà cliente.
— Que supposez-vous donc ? Ah oui ! Que je rabattais des clients pour ce monsieur Chagnée. De préférence des personnes qui mettent toute leur confiance dans leur notaire, c'est ça ?
— Sauf à nous fournir une explication précise, j'irai un peu dans ce sens. Alors parlez-moi donc des terrains de monsieur Rambert. Et reconnaissez que vous connaissiez Pierre Chagnée.

Maître Voleau semblait enfin prêt à parler. L'homme était suffisamment habitué à ce type d'affaires pour savoir que les policiers avaient certainement des billes à lui opposer si ses réponses ne correspondaient aux faits qu'ils avaient établis.

— J'étais encore jeune notaire dans les années soixante-dix. Lui était déjà bien installé sur la place des Sables. Son père avait été en affaires avec mon propre père. À une époque où, ici, les promoteurs immobiliers étaient tout puissants et où les notaires étaient les bras armés de cette puissance financière. On vous a sans doute expliqué que les études notariales de l'époque ont gagné beaucoup d'argent avec eux. Quand un promoteur vous amenait sur un plateau les actes de vente d'un immeuble de quarante ou cinquante appartements, avec des acheteurs qui n'étaient pas d'ici, ça ne se refusait pas. Alors, forcément, quand il venait vous demander un petit service…

— … On ne pouvait pas le refuser. Et donc des petits services, vous en avez rendu. Dont cette histoire de terrain au Puits-d'Enfer, dans laquelle vous avez réussi à convaincre la propriétaire de vendre au prix que Chagnée en proposait. Vous avez eu de la chance de ne pas avoir eu à faire avec la justice.

L'ancien notaire savait qu'il n'avait plus le choix. Il devrait déballer ce qu'il savait sur les terrains Rambert.

— Venons-en maintenant aux terrains du marais. Quel a été votre rôle ?

— Quand j'étais conseiller municipal, j'ai eu à connaître des dossiers concernant la création d'un port de plaisance avant qu'ils soient mis sur la place publique. Je savais que Pierre Chagnée était sur les rangs pour la partie des résidences immobilières. Le projet initial était gigantesque par rapport à ce qu'il en est resté aujourd'hui. Ici, on était plutôt admiratif de ce qui se faisait à la Grande-Motte. On aurait bien aimé faire la même chose sur la côte atlantique. Un Chaumois de mes clients était propriétaire de terrains situés juste au bon endroit. Il fallait acheter prestement avant que le projet soit dévoilé complètement et que les terrains voient leur prix exploser. Voilà, ça c'est fait comme ça.

Maître Voleau devenait intarissable. Il ne semblait pas vouloir s'arrêter. Il donnait l'impression de se libérer. Il proposa un café aux deux policiers. Une façon sans doute de montrer qu'il n'avait pas l'intention de les voir partir. Le commissaire enchaîna sur une autre question.

— Donc, quand aujourd'hui monsieur Rambert dit qu'il avait l'impression d'avoir été berné, il a sans doute raison ?

— Oui… et non, d'après ce que j'en ai su sur le moment.

— La signature des actes s'est faite à La Roche-sur-Yon.

— C'est exact. Chagnée ne voulait pas que ce dossier reste sur la place des Sables. Il s'est arrangé avec un confrère là-bas. Pas étonnant, puisqu'on avait été en concurrence sur ce coup-là.

— Il s'est montré généreux au-delà du prix officiel du terrain ?

— Je sais que Chagnée lui a donné deux appartements dans une résidence qu'il construisait cours Blossac. Mais pour lui, ça restait quand même une superbe affaire.

— Et le père Rambert a compris, mais un peu tard, que le prix des deux appartements ne compensait pas, loin s'en faut, ce que valaient les terrains trois ou quatre ans plus tard.

— Sans doute.

L'heure était bien avancée dans l'après-midi. Le commissaire Roullin et le brigadier Boré étaient restés plus d'une heure à écouter l'ancien notaire qui leur lâcha, lorsqu'ils prirent congé : « Je me sens plus léger ». Cela cependant ne disait pas qui, en 1978, avait bien voulu tuer Chagnée et Poirson, dont d'ailleurs on était toujours pas sûr de l'identité ; qui avait caché les corps et pourquoi ? Et, enfin, qui avait intérêt à les faire ressurgir quarante ans après ?

Le soir, comme convenu, vers 19 heures, le docteur Poirson recontacta le commissaire à son bureau.

— J'ai été complètement stupide dans cette affaire. Bien sûr que je sais que je suis un enfant adopté. Et j'aurais dû vous le dire afin que vous ne perdiez votre temps. Mais cela reste une blessure en moi. J'avais 18 ans en 1976 lorsque mes parents me l'ont avoué. J'avais toujours vécu dans un cocon familial où j'ai été très protégé.

— Ils vous l'ont dit comme ça, ou vous l'aviez deviné ?

— Un jour, je suis tombé sur un courrier qu'ils avaient reçu deux ans auparavant. À l'âge de mes 16 ans. Il venait de la Sécurité sociale. On venait de m'attribuer un numéro. Au lycée, on venait d'apprendre quel était le principe de leur attribution. J'ai vu 1.58.04.85... la Vendée, 166, la commune...

j'ai cherché. C'était Olonne-sur-Mer. J'étais né à Olonne-sur-Mer alors que mes parents m'avaient toujours dit que j'étais né à Nantes. Une grande ville, c'était plus facile à cacher. Alors un soir, au repas, je leur ai dit. De toute façon, ce serait sans doute sorti peu de temps après puisque j'atteignais la majorité.

— Et ?

— Ils m'ont tout raconté. Pourquoi ils m'avaient caché que j'étais un enfant adopté. Enfin, quand je dis qu'ils m'ont tout raconté, c'est pas tout à fait vrai. L'essentiel, je l'ai découvert plus tard. Quand j'ai fait mes propres recherches.

— Que savez-vous sur vos origines ?

— Je ne peux pas vous le raconter par téléphone, comme ça, à tant de distance. Je sais juste que mes parents géniteurs ne me désiraient vraiment pas. Ils connaissaient les Poirson qui, eux, ne pouvaient avoir d'enfant. Alors, ils m'ont officiellement abandonné. Et, grâce à leurs relations, les Poirson ont pu m'adopter.

— Dites-moi. Quand Luc Poirson est décédé, quelle a été votre réaction ?

— Ils restaient mes parents. Et n'oubliez pas qu'on n'a jamais retrouvé son corps. C'est aussi compliqué à vivre, ça, vous savez !

Ils prirent congé pour ce soir. Le commissaire Roullin, qui venait d'emménager dans son appartement du boulevard Kennedy, regagna son nouveau lieu de vie. Il ouvrit la baie vitrée. On entendait les vagues qui se jetaient sur les rochers. La nuit était noire. L'air du large salé. Au large, on apercevait les feux de quelques bateaux partant en pêche. Il se surprit à quelque méditation. Et si le père Rambert avait raison ? Et s'il n'était pas au bout de ses surprises ?

– XIII –

Mercredi 5 décembre 2018

À 6 h 30, Philippe Thibaudeau arpentait la rue de Montauban pour se rendre à pied prendre son service au passeur. Pas grand monde dans la rue. Quelques voitures qu'on croise. La Chaume était à peine réveillée. Sur le quai, quelques livraisons étaient en cours dans les bars-restaurants. Au loin, on entendait les bruits de la criée. Sur la cabaude, les chantiers navals commençaient leur journée.

Un fêtard sans doute déversait quelques bouteilles dans le conteneur à déchets situé près de l'aubette de bus de l'arrêt Place d'Armes… qu'on aurait pu d'ailleurs appeler Place du Pont. Malgré l'obscurité, Philippe Thibaudeau n'en crut pas ses yeux. L'homme qui, de dos, était en train de vider son sac à provisions était son voyageur de l'autre soir. Celui qu'il avait vu sur les vidéos du commissariat. Il osa s'approcher pour tenter de deviner son visage. L'homme était vraisemblablement aux aguets. Se sentant épié, il prit le large, son sac contenant encore quelques « flacons ». Thibaudeau interrompit sur-le-champ la filature, ayant compris que le garçon l'avait repéré. Ce dernier partit à marche rapide dans la direction de Port Olona. Il disparut au niveau de la rue la Boulangerie.

À peine 7 heures. C'était sans doute trop tôt pour appeler son copain Sébastien Boré. Et puis si, après tout. Il ne fallait sans doute pas lâcher le client. La sonnerie du téléphone fit sursauter le brigadier qui n'était pas encore levé.

— J'espère que tu m'appelles pour une raison sérieuse. La voix était celle de quelqu'un qu'on a surpris en plein sommeil.

— C'est toi qui jugeras. Je viens de revoir ton livreur de colis.

— Bazar, t'es où là ?

— Je prends mon service. Et lui était occupé à vider quelques cadavres dans le conteneur à déchets à l'arrêt de bus.

— Eh ! Là, tu te moques de moi ? Pas drôle !

— Si par cadavres tu entends bouteilles vides, je te dis la vérité. J'ai essayé de m'approcher mais il était sur ses gardes. Il a filé et a rapidement disparu.

— Tu penses qu'il a pu laisser des empreintes ?

— Je ne pense pas. Il avait des gants.

L'homme était donc toujours à la Chaume, où il devait résider. Mais où ? Informé quelques minutes plus tard, le commissaire Roullin décida que ses hommes iraient dans la matinée présenter les photos de l'individu aux passants sur le quai et sur le bateau passeur. Cela aurait deux avantages : avec un peu de chance, quelqu'un le reconnaîtrait et fournirait un indice les; dans tous les cas, la nouvelle serait vite connue dans les bistrots et cela ferait peut-être bouger notre homme.

Dans la matinée, plusieurs policiers en tenue arpentèrent donc les lieux en présentant les photos. Dans les bistrots du quai, la pêche ne fut pas miraculeuse. On regardait poliment, faisait la moue, détournait le regard et faisait un signe non de la tête. Sûr pourtant que certains l'avaient reconnu. À peine les policiers avaient-ils franchi la porte que les discussions reprenaient. À *L'Étoile de Mer*, un groupe de pêcheurs qui était rentré de mer le matin même n'avait pas hésité longtemps.

— Tu crois que c'est lui ?

— Ça y ressemble !

— On devrait peut-être le prévenir.

— Ouais ! Mais tu sais où il est en ce moment ?Il y a bien un mois que je ne l'ai pas vu.

— Moi non plus. Mais je sûr qu'il est dans le coin. C'est pas le genre à aller bien loin.

Jamais le nom n'avait été prononcé dans cette discussion de comptoir. Attention aux oreilles bien pendues.

— J'ai peut-être une idée d'où il peut être. Laissez-moi faire. Je m'en occupe, j'irai voir ce midi.

Pierre Vincent était matelot sur le chalutier *Les Roches rouges*. Quinze ans qu'il avait posé le pied sur un bateau pour la première fois. Il avait reconnu celui qui se cachait sous la capuche avec, en plus, une casquette dont la visière dissimulait le visage. Il s'engagea dans la rue du Moulin puis tourna à droite dans la rue de Parisse. Il frappa un peu plus loin à la porte d'une petite maison. C'est une belle jeune femme qui lui ouvrit. Il l'avait déjà aperçue plusieurs fois sur le quai ou à une terrasse avec lui.

— Bonjour. Il est là ?
— Qui ça ?
— Allez, arrête ! Tu sais bien de qui je veux parler. Alors, il est là ?
— Oui. Rentre. Il est dans la véranda au fond.
Il regardait une chaîne d'infos en continu.
— Salut !
— Salut ! Qu'est-ce-qui t'amène ?
— Je suis venu te prévenir.
— De quoi ?
— Que, apparemment, tu es recherché par les flics. Il se promènent partout avec une photo de vidéosurveillance sur laquelle il y a un type qui te ressemble fichtrement.
— Ah ouaih ! Et pourquoi ?
— Pour une histoire de caisse contenant des ossements qui a été déposée à l'emplacement de l'ancien pont. Et je suis pas le seul à penser que c'est toi. Mais t'inquiète, personne ne parlera.
— De toute façon, vous n'avez pas intérêt.
— Donc, tu reconnais que c'est toi ?
— Sans doute. Bon, merci de ta visite. J'étais au courant pour ce que tu m'as dit. Maintenant, tu détiens un secret.

Pierre Vincent reprit la direction inverse. La jeune femme l'accompagna jusqu'à la porte. Elle jeta un œil à l'extérieur pour vérifier que personne ne les épiait. Et elle gratifia le visiteur d'un « Merci quand même d'être venu nous prévenir ».

Le père Rambert profita de la présence de l'aide-ménagère pour se rendre au cimetière. Le bras en bandoulière et la démarche moins assurée que d'habitude. Il avait quand même pris un coup au moral depuis l'accident. L'endroit était désert en cette fin de matinée. Le bonhomme voulait profiter de ce moment pour faire un tour, « d'inspection » disait-il, de ce cimetière ancien. Voir si rien n'avait bougé. On n'enterrait plus personne ici, sauf dans des caveaux déjà existants. Étonnamment, certaines pierres tombales d'un granit reluisant y côtoyaient des sépultures laissées à l'abandon. Des stèles en calcaire bien plus que centenaires avaient fait les frais du temps qui passe, du vent et des tempêtes. Il est même difficile d'y lire aujourd'hui une quelconque inscription. Dans le fond, le père Rambert s'approcha d'un petit carré de tombes de jeunes enfants. Âgés de quelques jours parfois. Il fit une halte devant l'un d'elles, et s'y inclina.

Une plaque indiquait « Alain R. 13 avril-15 avril 1953 ».

Un mystère restait entier pour les policiers : il fallait identifier formellement les ossements dont on pouvait imaginer qu'ils étaient ceux de Luc Poirson. À partir d'une information donnée par son fils à la Réunion, on lui trouva un neveu, le fils de sa sœur, qui habitait non loin de là, à Nantes. Celui-ci se prêta donc prestement à un prélèvement salivaire afin d'avoir un ADN. Le résultat ne serait question que de quelques jours.

À la fin de l'après-midi, Pierre Vincent, le pêcheur, avait retrouvé ses compagnons de travail. Cette fois au *Bar du Pont*. Ici, on se partageait entre bistrots. Dernières petites tournées avant d'aller se coucher. Ces pêcheurs devaient embarquer à 2 heures la nuit suivante.

— Je l'ai vu, annonça t-il à ses collègues.

— Alors, c'est bien lui ?

— Il m'a dit que oui. Surtout, les gars, pas un mot sur ce coup-là.

— Tu peux compter sur nous, entonnèrent les autres en chœur. L'un d'eux cependant voulait en savoir plus.

— Je me doute bien où il habite. Chez la petite brune aux cheveux longs qui est toujours avec lui. Je crois qu'elle est dans la rue Parisse ou pas loin. C'est ça ?

— Je vois que tu sais tout. Mais ça, on s'en fiche. C'est sa vie. On ne dit rien aux flics, mais j'aimerais bien savoir ce que c'est que toute cette histoire.

Au garage *Robert*, sur la route d'Olonne, près du lycée, on s'apprêtait à baisser le rideau pour ce soir. L'heure à laquelle se pointe l'emmerdeur ou l'emmerdeuse du jour. Le client ou la cliente qui arrive dix minutes avant la fermeture.

— Bonjour, dit la jeune femme en se dirigeant vers le magasinier. J'ai cassé le rétroviseur de ma voiture. Est-ce que vous en avez en stock. Ils sortirent tous les deux pour prendre la référence exacte.

— Ça a dû bien cogner, lui dit le magasinier. Un croisement un peu trop rapide, c'est ça ?

— Ah ! Oui ! J'ai pourtant tout fait pour me mettre le plus à droite possible, mais le type n'a pas du tout ralenti, répondit-elle.

— Je pense que nous en avons en stock. En revanche, on ne pourra pas vous le monter ce soir.

— Non, c'est pour emporter. D'ailleurs, si vous en avez un d'occase, ça fera bien l'affaire vu l'état de la voiture. Je suis allée voir dans des casses, mais comme cette voiture n'est pas très courante, il n'y en avait pas.

— Pas surprenant, rebondit le magasinier. Je crois que ce modèle-là, on a dû en vendre une vingtaine seulement pendant les huit ans où il a été commercialisé. Attendez, je reviens de suite.

Il reparut quelques minutes plus tard. Le personnel du garage quittait l'entreprise. Il était 18 heures.

— On peut dire que vous avez du bol. J'en ai un d'occasion. On l'avait récupéré sur une voiture accidentée. Seulement, il ne sera pas tout à fait de la même couleur, ça vous dérange ?

— Non, pas du tout, répondit la jeune femme.

— Voilà ! Je vous le fais à trente euros. Neuf, il en coûte quatre-vingt-dix. Vous avez double chance. Je mets la facture à quel nom ?

— Non, attendez ! C'est une pièce d'occase, je vous paie en fraîche. On ne peut pas le faire comme ça ?

Le magasinier se laissa convaincre. La pièce n'était pas enregistrée dans le stock. Et surtout, il n'avait pas oublié la visite des policiers une dizaine de jours plus tôt, venus demander qu'on les prévienne si quelqu'un venait chercher un rétroviseur de ce modèle coréen. Discrètement, tout à l'heure, il avait relevé la plaque d'immatriculation. Il baissa le rideau derrière la jeune femme et se rua sur son téléphone.

Le brigadier Sébastien Boré fit une recherche aussitôt sur le fichier, qui rendit promptement sa réponse. La voiture était au nom d'une certaine Martine Logeon, domiciliée à la Gaubertière sur la commune toute proche de Saint-Mathurin. Malgré l'heure avancée de la journée, les policiers décidèrent de se rendre tout de suite sur place. La nuit noire ne facilitait pas les choses. Aussi, pour se faire ouvrir les portes des cinq maisons de ce hameau, il laissèrent le gyrophare tourner sur la voiture. Les habitants savaient ainsi qu'ils n'avaient pas affaire à un démarcheur publicitaire.

Dans la première maison, ils eurent l'information qui les intéressait. Martine ? « Il y a plus d'un an qu'elle n'habite plus là. Je crois bien qu'elle demeure maintenant à la Chaume » répondit son ancien voisin, la casquette vissée sur la tête. Ils n'étaient pas plus avancés que tout à l'heure. La suite attendrait bien le lendemain.

— Si on retrouve la voiture, on pourra en plus lui coller une non-mutation de certificat d'immatriculation, ironisa Sébastien Boré.

– XIV –

Jeudi 6 décembre 2018

— Allo, Philippe ? Ça te dit quelque chose une certaine Martine Logeon qui habiterait à La Chaume ?

— Comment tu veux que je sache ?

— Sur ton bateau, tu vois passer les trois quarts de la population de la Chaume, alors tu pourrais savoir.

— Non, ça ne me dit rien.

Sébastien Boré avait cueilli son ami aux premières heures de ce jeudi. Tant pis ! Il prit la direction de la Poste où on pourrait peut-être lui trouver cette information. Alors que les facteurs étaient occupés à finaliser l'organisation de leurs tournées, la question fut posée à la cantonade. Le superviseur s'empara du micro. « Martine Logeon, vraisemblablement à la Chaume, quelqu'un a une personne de ce nom-là dans sa tournée ?».

Le brigadier était planté au milieu de tous ces casiers de tri. Une main se leva.

— Oui, moi ! Mais c'est du secret professionnel ça, je pense.

— Vous préférez qu'on vous le demande au commissariat ? La menace fit effet.

— Rue de Parisse, mais je ne vous en dis pas plus. Je ne suis pas auxiliaire de police moi. Le facteur replongea le nez dans son paquet de courrier.

La rue de Parisse était longue mais ils la prirent dans le bon sens. Les policiers ne mettraient pas longtemps à trouver. Le nom de Logeon était inscrit sur une boîte aux lettres. Sébastien Boré sonna. Son équipier resta un mètre en arrière. Une jeune femme apparut dans l'encadrement de la porte.

— Oui, c'est pourquoi ?

— C'est la police ! Madame Martine Logeon ?

— C'est moi.

— Pouvons-nous entrer, nous avons quelques questions à vous poser.

— Attendez une seconde, que je m'habille mieux. Elle referma la porte et revint deux minutes plus tard.

Les deux policiers se trouvaient dans une pimpante petite maison donnant sur une véranda à l'arrière. Ils s'étaient auparavant réparti les rôles. Sébastien posait les questions et son équipier jetait un œil partout, mémorisant le maximum de détails. L'entretien avait lieu au milieu de la pièce, Martine Logeon ne leur proposant même pas de s'asseoir.

— Nous enquêtons sur un accident qui s'est produit le 19 novembre vers midi dans la rue du Lieutenant-Maurice-Anger à la Chaume. Un vieux monsieur a été renversé par une voiture qui ne s'est pas arrêtée et certaines informations en notre possession font penser qu'il pourrait s'agir de votre véhicule. Pouvez-vous confirmer ou pas ?

— Ni l'un, ni l'autre. Je ne sais plus ce que je faisais ce jour-là à cette heure-là. Mais si j'avais renversé quelqu'un, je crois que je m'en souviendrais. Et je ne suis pas du genre à prendre la fuite.

— On peut la voir, votre voiture ? Là, non, je l'ai prêtée pour quelques jours à une connaissance. Moi ici, je peux faire tous mes déplacements sans.

— Vous savez si votre… connaissance est aux Sables ?

— Je pense qu'il est dans le coin, oui.

La connaissance est donc un homme et il y a fort à parier que la voiture est cachée quelque part, s'imagina aussitôt le brigadier Boré. Peut-être même, le véhicule était-il en train d'être réparé. Affublé qu'il serait bientôt d'un rétroviseur neuf.

— Dans tous les cas, prévenez-nous dès que vous l'aurez récupérée.

En sortant de chez Martine Logeon, le policier donna le signalement du véhicule. Les patrouilles étaient invitées à surveiller ça de près. Discrètement, ils restèrent devant la maison durant quelques minutes. Suffisamment pour entendre, derrière la porte, la jeune femme vociférer : « Putain, mais dans quelle merde tu nous as encore fourrés ? ». S'en suivit ce qui ressemblait à un bris de vaisselle. Il y avait une autre personne dans la maison.

— T'as relevé des détails, demanda Boré à son équipier.

— Je pense qu'il y a un mec là-dedans. C'est sûr. Après, aucun détail particulier. Dans la véranda, un cendrier était plein de mégots de clopes à rouler mais aussi de quelques cigarettes blondes, dans l'évier, il y avait deux bols à laver.

— Dommage que tu n'aies pas pu compter les brosses à dents, lui répondit Sébastien dans un éclat de rire.

À l'étude Voleau, c'était le branle-bas. Du rez-de-chaussée, on entendait les cris descendre de l'étage. Fils et père étaient en train d'avoir une sévère discussion.

— Tu te rends compte dans quel pétrin tu nous a mis avec tout ça. Le fils hurlait.

— Tu ne peux pas comprendre comment ça se passait à ce moment-là, répondit le père. Et n'oublie surtout pas que, de tout cela, tu bénéficies aujourd'hui. Alors, ne te plains pas.

— Oh ! si c'est pour bénéficier de l'argent pas très propre… non merci !

En cherchant bien dans les archives de l'étude, Me Voleau fils était tombé sur quelques dossiers de Me Voleau père qui ne correspondaient pas tout à fait à l'image que l'on pouvait se faire de la probité. Au rez-de-chaussée, la secrétaire feignait de ne pas entendre et restait le nez plongé dans les écritures.

Dans la voiture du brigadier Boré, la radio grésilla.

— Écho 5 en patrouille à la Chaume.

— Écho 2 à votre écoute.

— Sébastien, on vient de repérer ta Coréenne.

— Où ça ?

— Place de la Pompe. Sagement garée sous un arbre.

— Oh ! On est à deux cents mètres ! On arrive tout de suite.

Dans l'instant qui suivit, les deux voitures de police se rejoignirent sur cette petite place. C'était bien elle et le rétroviseur n'avait pas encore été changé.

— Gonflé quand même, se dit Sébastien Boré.

— Pourquoi ? rétorqua son collègue.

— Je pense que si je provoquais un accident, je ne laisserais pas ma voiture à 200 mètres de chez moi dans une rue. Allez venez, on retourne tous les quatre chez Martine Logeon.

Le brigadier marqua un temps d'arrêt.

— Attendez, on va s'assurer avant qu'il n'y a pas une autre sortie par l'arrière. On ne sait jamais.

Il y en avait bien une qui permettait de rejoindre la rue de l'Artimon. Sébastien demanda à ses collègues de la deuxième patrouille de rester là, au cas où. Avec son coéquipier, il retourna sonner à la porte de la jeune femme. Cette fois très énervée.

— Je vous ai déjà dit que je ne sais pas où est ma voiture aujourd'hui. Je vais devoir vous le dire combien de fois ?

— Eh bien ! On va vous aider ! Votre voiture est à deux pas d'ici, place de la Pompe. Et du coup, vous allez nous dire qui vous a fourrés dans la merde, comme vous l'avez dit à quelqu'un tout à l'heure.

— Parce que vous écoutez aux portes maintenant ?

— Non, mais ça faisait quand même suffisamment de bruit.

À l'arrière, la porte d'un jardin s'ouvrit. Les deux policiers n'eurent pas le temps de se cacher. L'homme qui en sortit tenta bien de fuir en entamant un sprint.

— Et hop ! Par ici, jeune homme, lui lança l'un des deux qui venait de l'attraper par la capuche. C'est par là que ça se passe.

Ils l'embarquèrent dans la voiture et repassèrent par devant, dans la rue de Parisse. Un petit coup de deux-tons pour avertir de leur présence. Sébastien Boré fit sortir Martine Logeon. À la vue de son compagnon, celle-ci comprit que c'était terminé.

— Embarquez-le au commissariat, intima le brigadier à ses deux collègues. Madame, on n'en a pas terminé je crois, dit-il à l'adresse de la jeune femme qui eut les honneurs du deuxième véhicule de patrouille.

Dans le bureau du commissaire Roullin, le jeune homme eut droit à une petite séance de télévision.

— C'est bien vous, là, qui déposez cette caisse en polystyrène sous le préau du quai de la Chaume ?

— Je vois pas comment vous pouvez savoir. Ce gars-là, il a une casquette et une capuche. On dirait que vous n'êtes pas foutus de savoir quel est son visage. Alors qu'est-ce que vous me bassinez, là ?

— Très bien. On va prendre les choses autrement. Vous habitez bien chez Martine Logeon ? Quel est votre nom, au fait ? Parce qu'on aurait pu commencer par là. Vous avez une pièce d'identité ? Parce que je suppose que vous allez aussi nous embrouiller sur votre identité ?

— Ma carte est dans un autre blouson. C'est vrai que je suis là les mains dans les poches.

— Et comme vous n'avez rien à vous reprocher, vous sortez par l'issue de secours dès que vous apercevez deux policiers dans la maison. Pas grave. Dîtes-nous, où est votre blouson, on va aller chercher votre carte d'identité.

— Oh ! Ça, vous n'avez pas le droit. C'est une violation de domicile.

— OK, si tu le prends comme ça, tu viens avec nous. Et avec ta copine, vu que c'est chez elle. Elle est aussi là.

Tout ce petit monde se transporta rue de Parisse. Où, du coup, les policiers allaient pouvoir procéder à une visite plus approfondie de la maison. L'arrivée de trois voitures de police dans la rue ne passa pas inaperçue et quelques rideaux se soulevèrent. Le garçon alla directement vers son blouson et tendit une pièce d'identité au commissaire.

— Voilà, vous êtes satisfait ?

Le regard du policier s'arrêta longuement sur ce petit bout de document plastifié. Le jeune homme s'appelait Éric Capitaine. Il était né en 1988. Il avait donc 30 ans. Commune de naissance : Cilaos sur l'île de la Réunion. Intérieurement, Roullin lâcha un « nom de

Dieu ». La Réunion, 1988, Cilaos. C'est là qu'est installé le docteur Poirson.

La petite visite au domicile de Martine Logeon avait été fructueuse. Les policiers y avaient retrouvé un sweat avec capuche et une casquette qui étaient ceux vus sur les vidéos du commissariat. Éric Capitaine ne pouvait persister dans le déni. C'est bien lui qui, le 12 novembre dernier, avait déposé le « colis » sur les marches du commissariat. C'est bien lui qui avait renversé le père Rambert avec la voiture.

— C'était un accident. Je vous le jure, commissaire. Rien d'autre qu'un bête accident.

— Lui, il dit que vous lui avez foncé dessus, que vous avez accéléré délibérément dans la rue, que vous avez fait un écart à gauche pour le renverser. Alors, si ça n'est qu'un accident, pourquoi avez-vous fui ?

— Je n'ai plus de permis. Plus de points.

— Donc, on se contente de vous poursuivre pour délit de fuite ? Restent les ossements. Sur le sujet, on a quand même plein de choses à se dire, je suppose.

Eric Capitaine travaillait chez un gros mareyeur des Sables : *Vendée-Marée*. L'entreprise expédiait chaque jour un semi-remorque à Rungis et alimentait également les marchés de gros de Lyon et de Strasbourg. Des caisses en polystyrène, il y en avait donc des centaines. Il faudrait donc vérifier que celles contenant les ossements venaient bien de là. Et il y avait la boîte à chaussures adressée au substitut du procureur. Le garçon fut donc placé en garde à vue. Quarante-huit heures pour démêler cet écheveau ne seraient sans doute pas de trop. En revanche, aucune charge ne fut retenue contre Martine Logeon.

Né en 1988 à Cilaos sur l'île de la Réunion. Cela ne manquait pas de faire s'interroger le commissaire Roullin. Et des questions, il en avait donc à poser à Éric Capitaine. Et si… Oui, et si…

— Vous êtes installé en métropole depuis quand ?

— Je suis venu aux Sables en septembre 2017.

— Directement ici en arrivant ?

— J'ai juste passé un mois à Paris.

— Pourquoi être venu aux Sables plutôt que dans une autre ville ?

— Je voulais vivre au bord de la mer. À Cilaos, c'était loin !

Des réponses peu convaincantes, estimait au premier abord Alexandre Roullin. Qui continuait à l'inonder de son flot de questions.

— Parlez-moi de vos parents. Votre mère, votre père ?

— Ma mère ! C'est elle qui m'a élevé.

— Pas de père ?

— Non. Je ne le connais pas. C'est pour ça que je porte le nom de ma mère. Lui, il a dû oublier de me reconnaître.

— Vous savez qu'il y a un Sablais qui est installé et travaille à Cilaos ?

— Non, je ne savais pas.

— Vous le connaissez peut-être ? Il est médecin. Le docteur Poirson, ça vous dit ?

— Vaguement. Mais ça n'est pas mon toubib.

— C'est pourtant une toute petite ville. Alors, un médecin !

— Je vous dis que j'ai vaguement entendu ce nom, mais sans plus !

— Un verre d'eau ? Un café ? Vous voulez faire une pause ?

Le commissaire voulait poursuivre dans cette voie. Si quelques jours plus tôt, le père Rambert avait estimé que la découverte d'ossements le 7 novembre ne tenait pas du hasard, lui, le policier, pensait également qu'un habitant de Cilaos qui venait s'installer précisément aux Sables n'en était pas un non plus. Il le saurait prochainement. Le gobelet à café d'Éric Capitaine avait été récupéré dans la poubelle près du distributeur. Restait à poursuivre l'interrogatoire sur les ossements. En fin d'après-midi, ils y étaient encore et le gardé à vue s'était toujours arrangé pour répondre à côté des questions. Notamment pour la caisse retrouvée dans le port et le colis envoyé au procureur. Il restait trente-six heures pour le cuisiner.

– XV –

Vendredi 7 décembre 2018

Dans le cimetière ancien de la Chaume, la sépulture de la famille Biroteau est une des plus extravagantes de par ses ornements. Cette petite chapelle fut pendant longtemps l'une des plus remarquée des lieux. On faisait même un détour pour la voir. Érigée en 1880, elle avait subi les dégâts liés aux années qui passent et, aujourd'hui, plus personne n'y venait. Bien que concession à perpétuité, la ville aurait pu depuis bien longtemps la déclarer comme étant à l'abandon, ainsi que quelques autres d'ailleurs, mais n'avait jamais osé y toucher, considérant qu'elle faisait partie du patrimoine.

Alfred Biroteau avait été un artiste, sculpteur de son état, à qui on devait quelques œuvres exposées au musée Sainte-Croix, et l'on prétendait que d'autres dormaient sagement dans les caves du Louvre, à Paris. Mais personne n'était jamais allé consulter un quelconque catalogue pour vérifier si cela était vrai. Chaumois de naissance, l'artiste était parti à Paris à l'âge de 21 ans, fuyant le dur monde de la pêche dans lequel son père voulait l'engager. Il y avait galéré pendant une dizaine d'années, avant de percer en fréquentant les beaux salons parisiens à l'invitation de connaissances féminines que, dit-on, il collectionnait. Il avait fini par épouser Arlette, rencontrée non pas dans un salon, mais plutôt dans une maison de plaisir dans laquelle elle exerçait ses talents.

La cinquantaine atteinte, Alfred Biroteau avait décidé de revenir à la Chaume, un peu plus plus argenté qu'en partant mais sans plus tant il menait la grande vie. Il y mourut en 1880 à l'âge de 65 ans. Sentant sans doute une mort prochaine, il avait entrepris de sculpter en guise d'adieu la chapelle funéraire dans laquelle il reposerait un peu plus tard, poussant le détail jusqu'à y inscrire son nom et celui d'Arlette ainsi que leurs années de naissance respectives. Ne restait ensuite qu'à compléter avec celles de leur départ. Arlette étant, elle, décédée de chagrin d'avoir perdu l'amour de sa vie en 1883. Le couple n'avait jamais eu d'enfants.

Voilà pourquoi la sépulture d'Alfred et d'Arlette Biroteau, couple bien connu à la Chaume, avait, pendant bien des années, fait l'objet de tant de bienveillance de la part des visiteurs.

Ce matin de décembre, comme il le fait chaque semaine, le gardien du cimetière procédait à ce qu'il appelait pompeusement la grande inspection. Qu'on aurait pu aussi appeler le grand nettoyage, car un mois après la Toussaint, celle-ci consistait à enlever les derniers chrysanthèmes. La chapelle des Biroteau, elle, n'avait pas été fleurie. Comme d'habitude. Il n'y jeta donc qu'un regard furtif. Il y avait bien des années qu'on n'avait pas poussé la porte en fer de ce monument un peu particulier. Pourtant, Paul Miguet eut l'œil attiré par celle-ci qui avait été entrouverte. À sa grande surprise, la porte s'ouvrit facilement, même si un grincement trahissait l'absence de graisse dans les gonds. La tête passée à l'intérieur, il fit un bond en arrière. La pierre tombale avait été déplacée et soigneusement replacée. Le gardien fonça dans son logement de fonction et appela le 17.

S'il n'avait été un agent municipal, le policier à l'accueil aurait sans doute pris cet appel comme une plaisanterie. Et puis actuellement, les histoires de morts et d'ossements étaient plutôt d'actualité à la Chaume. « Ne bougez pas, une patrouille vient tout de suite » dit-il à Paul Miguet qui retourna devant la chapelle mortuaire. Un équipage arriva effectivement dans les cinq minutes qui suivirent. L'un des deux policiers poussa à son tour la porte et la referma aussitôt.

— Surtout, on ne touche plus à rien. Allez me chercher quatre piquets, s'il vous plaît, que l'on délimite une zone interdite.

À la radio, le brigadier Sébastien Boré qui avait entendu l'appel rappliqua lui-aussi rapidement sur les lieux. Ses collègues posaient le ruban pour interdire l'accès au secteur.

— Vous avez prévenu le patron, les gars ?

— Non, pas encore, on est arrivé il y a dix minutes seulement.

— Je m'en occupe.

Alexandre Roullin était en réunion avec le maire et le sous-préfet. Le SMS fit biper son téléphone : « Merci de venir de suite au cimetière ancien de la Chaume. Je vous attends sur place ».

— Une urgence. Je suis dans l'obligation de vous quitter.

— Grave ? demanda le sous-préfet.

— Je ne sais pas encore. Peut-être. Je vous tiens au courant de toute façon.

Le capitaine Barteau venait aussi d'arriver sur place. Le technicien de l'identité judiciaire également. Tous attendaient les ordres du commissaire pour savoir comment entamer l'affaire. Alexandre Roullin demanda d'abord que l'on fasse le maximum de relevés sur place et surtout que l'on procède avec méthode. Paul Miguet, le gardien, était interloqué par ce déploiement de forces. Il dut répondre à quelques questions des policiers que « l'inspecteur » fut chargé de lui poser.

— Vous passez souvent devant cette chapelle ?

— Je fais régulièrement mon tour, et, ces derniers temps, je n'ai rien remarqué du tout. Mais c'est aussi vrai que, comme ici, plus personne ne vient jamais, je jette un œil plutôt discret.

— Et ce matin, vous avez constaté que la porte était ouverte, c'est cela ?

— Entrouverte seulement. C'est sans doute pour cela que je ne l'ai pas constaté jusqu'à maintenant. Mais comme il y a eu un coup de vent l'autre nuit, peut-être que ça l'a poussée un peu.

— Vous avez constaté des allers et venues ces derniers temps dans ce secteur du cimetière ?

— Oh ! vous savez, on sort d'une période où du monde, il y en a ! Alors, pas question de voir quelqu'un en particulier.

— Comment avez-vous compris que la pierre à l'intérieur avait été déplacée ?

— Ben, parce qu'il n'y avait plus de joints, pardi ! Et puis, elle était légèrement de travers.

Le gardien n'amènerait aucun élément de plus. « L'inspecteur » mit fin à l'entretien. Une fois les relevés terminés, le commissaire Roullin mandata une entreprise de monuments funéraires pour venir déplacer la pierre tombale. On allait enfin savoir.

— Oh là ! Ça va être compliqué, estima d'emblée le chef de chantier arrivé sur place quelques minutes après avoir reçu l'appel. Maintenant, on travaille avec des engins mécaniques, mais ici, il n'y a pas vraiment la place de les faire approcher. Bon, je vais appeler du renfort. Je pense qu'on en a pour deux bonnes heures à sortir tout ça.

L'homme d'expérience ne s'était guère trompé. Alors que midi sonnait à l'église Saint-Nicolas toute proche, la pierre tombale bougeait.

— Il y a eu de la visite ici il n'y a pas longtemps, affirma l'employé de la marbrerie. Regardez, elle n'est pas scellée.

Avec beaucoup de précaution, les ouvriers purent la positionner de façon qu'on puisse se glisser à l'intérieur de la cavité.

— À qui l'honneur ? lança le commissaire à ses hommes.

Bien évidemment, il n'y eut pas de volontaire. Plutôt amusé par la situation, Alexandre Roullin demanda au technicien de l'identité une combinaison de protection et passa la tête et un bras à l'intérieur du caveau. Avec son smartphone, il put éclairer la scène. Il y avait au fond deux cercueils à peine abîmés. Ceux d'Alfred et d'Arlette Biroteau. Et, posé dessus, ce qu'il restait de deux autres corps. L'atmosphère était irrespirable. Roullin sentait le malaise arriver. Il prit quelques photos de l'intérieur du caveau et en sortit.

Se posait maintenant la question du devenir du site. Devait-on refermer la pierre tombale ou la garder ainsi pour faire des relevés complémentaires ? La deuxième solution était la plus évidente. Dans l'immédiat, on posa donc une grande planche pour obstruer l'entrée et des scellés.

Le père Rambert était rentré discrètement dans le cimetière. Il était là depuis un bon quart d'heure, observant la scène sans que quelqu'un le remarque. Il avait bien dit que les flics n'étaient pas au bout de leurs surprises.

Au commissariat, Éric Capitaine était toujours en cellule. On venait de perdre trois heures de garde à vue.

Le commissaire Alexandre Roullin faisait défiler sur son PC les photos prises le matin dans le caveau de feus les époux Biroteau. Deux restes de squelettes avaient donc été déposés sur les cercueils. Des squelettes aujourd'hui incomplets. Le policier n'eut aucun mal à faire l'inventaire. Il manquait, comme il s'en doutait, quelques os. Sur l'un, un crâne, deux tibias, une cage thoracique. Sur l'autre, un crâne, deux humérus et une partie de la colonne vertébrale.

Le fauteuil bascula en arrière, Alexandre Roullin se prit la tête entre les mains. On venait de retrouver le reste des squelettes. Restait à savoir qui et pourquoi.

Sur le quai de la Chaume, la nouvelle avait vite fait le tour. Et cela vint forcément aux oreilles de Philippe Thibaudeau. De son téléphone, il envoya un SMS à Sébastien Boré : « Alors mec, il paraît qu'on écume les cimetières ? ». La réponse fut immédiate : « On a trouvé le trésor. Mais pas un mot. Comme d'hab. ».

À sa pause de 15 heures, le passeur voulait surtout ne pas manquer ce qui se disait dans les cafés. Direction le *Bar du Pont*.

— Un grand café, s'il te plaît.

Il s'était installé sur une des deux petites tables rondes près de la vitrine. Albert Durandeau, un vieux marin-pêcheur bientôt octogénaire, avait commandé son muscadet au bar. Ça passait toujours mieux qu'un café.

— Alors, gamin ! Toi qui sait tout, il paraît que ça bougeait tout à l'heure du côté du cimetière.

— J'en sais pas plus que vous, Albert. Je suis sur le bateau depuis 10 heures. À ce qui se dit, oui. La moitié du commissariat était sur place. Y compris le grand chef.

— Ça doit être pour cette affaire d'ossements. Ce serait normal, dans un cimetière, relança Durandeau.

— Peut-être.

— Il paraît qu'ils étaient autour de la chapelle Biroteau. C'est peut-être qu'on y a retrouvé le reste des cadavres. N'empêche qu'on ne sait toujours pas qui était dans ces foutues boîtes. Je suis sûr que le père Rambert, il doit en savoir des choses, lui. M'est avis que ça a à voir avec la destruction du pont de la Chaume il y a quarante ans. Y'avait eu de drôles d'histoires à l'époque. Y'en a qui ont fait fortune avec ce port. Et d'autres étaient passés à côté. S'ils l'ont détruit aussi vite sans prévenir personne, c'est que certains y avaient intérêt. Tu manges pas ton biscuit avec le café ? Tu permets ? Ça calera avec le blanc.

Philippe Thibaudeau salua la salle. Il voulait aussi écouter ce qui se disait à *L'Étoile de Mer*. On y parlait exactement de la même chose. On avait vu sans vraiment voir. Alors on supposait. Le passeur y fut interpellé de la même façon qu'au *Bar du Pont*. « Puisque je vous dis que je ne sais rien ! » s'évertuait-il à dire. De fait, il ne savait pas grand chose, sinon qu'on « avait trouvé le trésor ».

La découverte du matin eut, en tout cas, pour effet de relancer la garde à vue d'Éric Capitaine, qui prit une toute autre tournure. Alexandre Roullin allait, à partir de cet instant, véritablement superviser les interrogatoires.

— Monsieur Capitaine, il ne nous reste plus beaucoup d'heures de garde à vue. Alors, soit on avance sur ce dossier et on dort cette nuit, soit on est bloqué et on vous interroge jusqu'à demain matin comme on en a le droit.

— Je crois qu'on s'est tout dit.

— Je ne pense pas. On va maintenant parler de la chapelle de la famille Biroteau, au cimetière ancien de la Chaume. Je parie que ça doit éveiller en vous quelque lumière.

Alexandre Roullin sortit de la salle, laissant à Éric Capitaine le temps de réfléchir, de remettre en ordre toutes ses idées. Il y avait un mois jour pour jour que les premiers ossements avaient été trouvés.

— Faut que je vous cause, hurla le gardé à vue afin de faire revenir le commissaire dans la pièce.

— Je vous écoute, Éric.

— C'est pas un hasard si je suis venu habiter aux Sables-d'Olonne.

— Expliquez.

— Bien sûr que je connais le docteur Poirson à Cilaos. C'est lui qui m'a demandé de venir ici.

— Tu l'as connu comment ?

— Il a toujours été notre médecin de famille. Tout gamin, j'étais toujours malade. Je crois même que j'aurais pu y rester. Il s'est toujours bien occupé de moi. De ma mère aussi. Il lui a même trouvé un boulot. Il nous a toujours facilité les choses.

— Et il y a quelques mois, il t'a demandé de venir en métropole.

— Oui, il m'a dit que, à la Réunion et encore plus à Cilaos, je ne trouverai jamais de travail. Qu'il connaissait bien une ville où j'en trouverai. Que c'était dans le milieu de la pêche. Et que ce serait dur. Alors, je suis venu ici.

— Raconte la suite.

— J'ai débarqué ici après un court séjour à Paris.

— Quelqu'un t'attendait ?

— Oui. Un notaire. Me Voleau.

— Me Voleau ? Le père ou le fils ?

— Le père. Un mec bizarre. Quand je suis parti de la Réunion, le doc m'a dit de me présenter à lui, qu'aussitôt il me trouverait un job. C'était vrai. Trois jours plus tard, j'étais embauché à la marée.

— Et tu as logé où ?

— Le notaire m'a prêté un meublé qu'il avait près de la gare. Un truc sympa. Je mettais dix minutes, même pas, pour aller bosser. À 2 heures du matin, c'était mieux comme ça.

— Et tu sais quels sont les liens entre le doc et le notaire.

— Non, je ne sais pas. Mais vous m'avez dit que le docteur Poirson était originaire des Sables. Alors, peut-être que le notaire gérait des affaires à lui sur place.

— On va vérifier. Bon, pour l'accident du père Rambert, tu persistes dans tes déclarations. Selon toi, c'était bien un accident ?

— Oui commissaire. Quelle raison j'aurais eu de vouloir le tuer ce monsieur que je ne connais pas.

Dans la soirée, Éric Capitaine fut présenté au parquet. Les magistrats le mirent en examen, sans incarcération et le placèrent sous contrôle judiciaire. Il devrait venir signer chaque lundi au commissariat de police. Le laisser en liberté permettrait aux enquêteurs de suivre ses faits et gestes.

– XVI –

Lundi 10 décembre 2018

— Patron, la semaine commence bien.

Le capitaine Joël Barteau était de fort bonne humeur en ce lundi matin. Allez savoir pourquoi ? Ça n'était pas dans ses habitudes. Le commissaire Alexandre Roullin se remettait d'un dimanche sportif. Une marche de plusieurs heures sur la côte dans le secteur de la Paracou lui avait permis de découvrir la beauté de ce secteur des Sables. Le brigadier Sébastien Boré, lui, avait consacré sa journée au basket. Autour de la machine à café, tout le monde se racontait donc son programme dominical. Et on commentait aussi les activités de la police au cours du week-end. La sortie du casino, que dans le langage courant ici on continuait d'appeler « de la plage », avait été quelque peu mouvementée dans la nuit de samedi à dimanche. Des joueurs un peu dépités avaient « dérangé » le quartier. Mais finalement, tout s'était bien terminé.

— Et pourquoi commence t-elle bien cette semaine ? demanda Roullin à Barteau.

— Parce qu'on a les résultats des tests ADN et que c'est du chaud bouillant patron.

Ils levaient effectivement le doute sur les seconds ossements. C'était bien ceux de Luc Poirson. Le prélèvement fait sur son neveu le confirmait.

— En revanche, c'est sur Éric Capitaine qu'il y a une surprise, commissaire. Parce le sien d'ADN, il matche avec celui du docteur Poirson. Qui est donc son père.

Alexandre Roullin éclata de rire en regardant son « inspecteur ».

— Parce que tu ne l'avais pas compris que c'était vraisemblablement comme ça que ça s'était passé ?

— En tous les cas, ça change quand même un peu la donne, le relança le capitaine.

— Ça confirme qu'on va regarder de près ce que ce bon docteur joue comme rôle là-dedans. Car, effectivement, je pense qu'il cache quelque chose et qu'Éric Capitaine n'est que l'exécuteur involontaire de ses basses œuvres.

Allons le voir tout de suite. Ensuite, on rendra une nouvelle visite à Me Voleau père.

À dix heures du matin, Éric Capitaine devrait sûrement être rentré de sa journée de travail à la criée. Ils le trouvèrent effectivement attablé devant un second petit-déjeuner chez Martine Logeon, rue de Parisse.

— Ah ! Qu'est-ce vous me voulez encore ?

— Vous parler du docteur Poirson.

— Je vous ai tout dit sur lui, non ?

— Non, je ne pense pas, le brusqua un peu le commissaire Roullin. Vous n'avez pas dit le dixième de ce que vous saviez.

Pendant que le policier lui parlait, Éric Capitaine continuait à beurrer quelques tartines et à manger tranquillement, comme si de rien n'était. Méprisant totalement ses visiteurs.

— Si vous le prenez comme ça. On va aller vraiment droit au but. Mais attention au choc, Éric. Ça va être du lourd.

Le jeune homme le regarda perplexe, replongeant le nez dans son bol. Alexandre Roullin lui laissa quelques secondes pour voir s'il réagirait.

— Bien ! Puisque vous le prenez sur ce ton. Éric Capitaine, nous avons reçu ce matin les résultats de différents tests ADN, dont le vôtre que nous avons prélevé sur un gobelet l'autre jour au commissariat. Je vous annonce que ceux-ci montrent que le docteur Poirson est votre père. Sans ambiguïté possible. Ça n'est donc pas un hasard, si, comme vous l'avez expliqué, il a toujours pris soin de vous. Mais aussi et sans doute, s'il vous a suggéré de venir en métropole et surtout aux Sables-d'Olonne. Maintenant, si vous avez envie de vous lâcher, c'est le moment.

Éric Capitaine se lâcha effectivement. Il prit son bol de café et le balança contre le mur. Alertée par le bruit, Martine Logeon accourut dans la pièce.

— Qu'est-ce que tu as encore fait ? J'en ai marre de toi. De tes conneries. De tes coups de colère. Tu veux finir en taule ou quoi ?

Le commissaire avait beau essayer de la retenir, Martine était en train de « péter un câble ». Elle aussi en savait peut-être beaucoup plus que ce qu'elle avait dit jusqu'à présent.

Éric Capitaine resta là sans bouger. Boxé, KO, renvoyé dans le coin.

— Non, je ne savais pas ! Ce cri de désespoir venait de traverser la pièce devant les policiers médusés.

— Qu'est-ce que vous lui avez dit pour le mettre dans cet état ? hurla à son tour Martine Logeon. Alexandre Roullin l'amena à l'écart.

— Je suis désolé. Je ne voulais pas lui annoncer de façon aussi abrupte, mais il n'a pas été coopératif. Je lui ai dit que le docteur Poirson était son père. Sans aucun doute possible.

— Comment ça sans doute ?

— Tests ADN.

Martine Logeon était, à son tour, interloquée. Le commissaire enchaîna avec quelques questions, tandis que le capitaine Barteau veillait sur Éric Capitaine.

— Est-ce qu'il vous a parlé de ce docteur Poirson, mademoiselle ?

— Oui, il m'en a parlé. Il m'a expliqué qu'il avait toujours été près de sa mère et de lui-même. Qu'il lui avait peut-être sauvé la vie car, enfant, il était toujours malade.

— C'est ce qu'il nous a dit aussi. Et rien d'autre ?

— Si ! Qu'il lui avait proposé de venir aux Sables. J'ai essayé de lui demander pourquoi il avait tant insisté pour cela. Mais Éric n'a jamais répondu. Je ne voudrais pas qu'il lui arrive quelque chose, vous comprenez. C'est un bon garçon. Mais il est fragile. J'ai un peu de mal à le canaliser. Ça explique pourquoi j'explose parfois quand il dépasse les limites.

— Faites attention à lui, conclut Roullin, et n'hésitez pas à me contacter s'il ne va pas bien ou si vous estimez ne pas pouvoir le contrôler.

Les deux policiers s'éclipsèrent. Le commissaire donnant un dernier conseil :

— Éric, je vous rappelle que vous êtes sous contrôle judiciaire. Alors, n'oubliez pas de venir signer au commissariat. Je dis ça pour votre tranquillité et vous en avez besoin.

De l'autre côté du port, Me Voleau père faisait sa promenade matinale. Tous les matins, quand la météo le permettait, il faisait un aller tribunal-Tanchet par le remblai avec retour par l'intérieur de la ville. Ou alors, il prenait le passeur et marchait le long de la côte à la Chaume. Son âge ne l 'empêchait pas de faire parfois dix kilomètres sur l'un ou l'autre de ces itinéraires.

C'est d'ailleurs sur le parking devant Port-Olona que les deux policiers l'aperçurent. Il rentrait sans doute aux Sables en utilisant la voie piétonne. Assis sur le siège passager, Roullin baissa sa vitre.

— On vous raccompagne, Me Voleau ?
— Je peux encore marcher, vous savez !
— Il faut qu'on vous parle.
« L'inspecteur » Barteau arrêta la voiture, le commissaire en descendit.
— Me Voleau, je vous dis que ce serait vraiment bien qu'on se parle. Et on ne va pas le faire ici. Donc, je vous propose d'aller chez vous. Vos fauteuils Voltaire sont plus confortables que les chaises du commissariat.
L'ancien notaire accepta finalement de monter dans le véhicule. Qui prit la direction de la place du Commandant-Guilbaud. Leur entrée dans la demeure des Voleau ne passa pas inaperçue. À l'accueil, la secrétaire reconnut de suite le commissaire. Quant à Me Voleau fils, dans le hall entre deux clients, il resta interloqué de voir son père entrer entre deux policiers.
— Ça n'est pas grand chose, lui lança Alexandre Roullin voyant sa surprise. Juste quelques questions.
Le père Rambert, ce matin-là, avait été un peu plus long que d'habitude à se préparer. Bras toujours handicapé oblige. L'aide-ménagère avait bien essayé à plusieurs reprises de lui faire comprendre qu'à son âge une aide

supplémentaire serait bienvenue, mais rien n'y fit. Il était donc presque midi quand il prit le chemin du cimetière pour rendre visite à Augustine. Ce matin-là, il n'irait pas voir la tombe d'Alain, leur fils mort deux jours après sa naissance. Il n'y allait d'ailleurs presque jamais. Trop douloureux.

À l'heure du déjeuner ou presque, le cimetière était vide. Sur le chemin, il avait croisé le gardien qui allait faire ses courses. Personne ne l'épierait donc pendant sa visite. Au lieu de se diriger vers la tombe de son épouse, il tourna à droite pour se rendre à la chapelle Biroteau. Elle était toujours entourée de ruban fluo et les scellés toujours posés. Le bonhomme voulait absolument jeter un œil à l'intérieur. Il entreprit donc de faire sauter ces derniers, poussa légèrement la porte, s'assurant quand même que personne ne l'épiait. À l'intérieur, il ne put que constater ce qu'il avait pressenti la semaine passée en voyant les policiers opérer. La dalle avait bien été bougée.

— Ma bonne Augustine, ils sont allés mettre le nez là-dedans. Je crois que ça n'est pas très bon pour moi. Ah, si j'avais su, je ne me serais jamais laissé embarquer là-dedans ! Je crois que, maintenant, ils sont à mes trousses. Je suis peut-être vieux, mais ils ne veulent surtout pas que je parle. Depuis qu'ils ont découvert ces ossements, je me dis que la vérité va éclater. Il y a des matins, je me lève en me disant que la vie ferait mieux de s'arrêter là.

Dans son inconscient, le père Rambert entendait Augustine lui répondre.

— Mais qu'est-ce que tu as été faire dans cette affaire. Tu n'étais pas assez riche comme ça ? Tu en voulais toujours plus. Pour qui, pour quoi ? Pour des inconnus ?

Finalement, le gardien n'avait pas mis longtemps à faire ses courses. Alors qu'il entrait dans son logement, il aperçut Rambert qui s'en allait.

— Alors, comment elle va Augustine, ce matin ?

Le bonhomme tourna les talons sans lui répondre.

Dans l'appartement de Me Voleau père, il y avait une bonne demi-heure que l'ancien notaire répondait au flot des questions des policiers.

— Maître, connaissez-vous le docteur Poirson, médecin domicilié à Cilaos à la Réunion ?

— Un rapport avec le défunt Luc Poirson ?

— Son fils ! Alors vous connaissez ?

— Il y a longtemps qu'il a quitté Les Sables ?

— Disons qu'il a fait toute sa carrière de médecin là-bas, donc une bonne trentaine d'années.

— Ah ! Et il a quel âge ?

— Il avait 18 ans à la mort de son père, donc 60 ans aujourd'hui.

— Et pourquoi devrais-je le connaître ?

— Avant de faire une hypothèse, je préférerais que vous me disiez oui ou non. Franchement.

Un long silence s'installa. En quelques secondes, Me Voleau faisait tourner un petit logiciel dans sa tête. Avantages et inconvénients du oui. Avantages et inconvénients du non. Le cerveau rendit sa réponse.

— Si je vous disais que je ne l'ai jamais croisé, ce serait faux. Il est venu en métropole il y a sept ans lors du décès de sa mère. C'est moi qui ai réglé la succession. Mais maintenant, vous savez qu'on peut valider beaucoup de documents de manière dématérialisée. Donc, nous ne nous sommes vus qu'une fois. Et ensuite, je n'ai jamais eu de contact avec lui.

— Nous prenons note. Mais ça ne nous explique pas pourquoi il a donné vos coordonnées à un de ses protégés arrivant de la Réunion, lui disant que vous lui trouveriez un travail ici. Ce qui a d'ailleurs été le cas. Pour quelqu'un que vous dites ne pas vraiment connaître…

— Ah oui ! je vois ! Oui, effectivement, il m'a demandé ce petit service il y a quelques temps. Et j'ai pu lui rendre.

— Donc vous êtes aussi agence de Pôle Emploi ? Vous connaissez le nom de ce jeune homme ?

— Je me souviens que son prénom est Éric, je crois. J'ai oublié son nom.

— Disons qu'on pourrait l'appeler… Éric Poirson si son père l'avait reconnu.

— Vous voulez dire que le docteur Poirson est le père de ce garçon ?

— Parfaitement. Les tests ADN l'ont montré. Sans erreur possible.

— Que, donc, ce garçon pourrait sans problème prouver qu'il est le descendant de ce médecin et, par voie de conséquence, de Luc Poirson ? Mais c'est que ça changerait tout ! Ou en tout cas, pas mal de choses.

Me Voleau était coincé dans son fauteuil. Il s'était subitement crispé. Son visage avait changé. Alexandre Roullin et le capitaine

Barteau échangèrent un regard très perplexe. Ils venaient de taper juste dans le mille. Éric Capitaine semblait devenir subitement un grain de sable dans une mécanique horlogère bien réglée.

La nuit tombait sur Les Sables-d'Olonne et Me Voleau, contrairement à ses habitudes, rentrait d'une seconde promenade de la journée. Il semblait ne s'être pas encore remis de la visite des policiers en début d'après-midi et surtout des révélations qui lui avaient donc été faites. Il avait donc accueilli, hébergé le fils du docteur Poirson. Il avait fait entrer le loup dans la bergerie. Il savait que, maintenant, les policiers ne lâcheraient pas leur proie.

— Ça ne va pas, maître ? s'inquiéta la secrétaire de l'accueil qui quittait son travail, voyant son visage blanchâtre.

— Non, je crois que j'ai trop marché aujourd'hui. Aidez-moi à m'asseoir dans ce fauteuil.

Me Voleau fils était seul dans son bureau. La porte était ouverte. Il avait surpris cette conversation et arriva sur-le-champ.

— Papa, ça ne va pas ?

— Ah ! Mon petit ! Non, je me sens fatigué. Je crois que j'ai trop marché aujourd'hui.

— Mais tu as fait deux promenades. C'est forcément beaucoup trop.

L'état de Me Voleau père n'avait fait qu'empirer. Quinze minutes plus tard, une ambulance des pompiers et une équipe du SMUR étaient sur place. L'ancien notaire fut transféré au service de cardiologie de l'hôpital.

– XVII –

Mardi 11 décembre 2018

Apprenant l'hospitalisation de Me Voleau père, le commissaire Alexandre Roullin appela son fils pour prendre des nouvelles. Elles étaient plutôt rassurantes. L'ancien notaire était, certes, en soins intensifs, mais les médecins avaient « réussi à le faire revenir ».

— Nous avons été très inquiets, avoua le fils au policier. C'est la première fois qu'il est vraiment malade. Il avait, jusque-là, une santé de fer.

Après lui avoir fait transmettre ses vœux de prompt rétablissement, Alexandre Roullin entama une toute autre conversation avec son interlocuteur.

— Me Voleau, est-ce que votre père vous a parlé d'un certain docteur Poirson, ancien Sablais domicilié sur l'île de la Réunion ?

— Ce nom ne m'est effectivement pas inconnu. Vous savez que nous gérons beaucoup de dossiers pour des personnes qui ont un bien ici mais habitent bien loin. Alors, on connaît sans connaître vraiment.

— Nous pensons que votre père a une relation que nous dirons d'affaires avec cette personne. Et qu'il est un peu pieds et mains liés avec ce docteur. Sans entrer dans une procédure officielle qui nous ferait perdre beaucoup de temps, si jamais vous avez des informations sur ce supposé lien, nous vous remercions de nous les faire connaître.

Me Voleau fils raccrocha. Il prit la direction de la pièce des archives de l'étude. Trouva sans difficulté le dossier Poirson. Il était effectivement épais. Les premiers documents remontaient à 1975 et étaient au nom du père, Luc.

— Alors, père Rambert, ça court ce matin ? … Ouh là, ça n'a pas l'air de trop aller !

À la question de Philippe Thibaudeau, le bonhomme n'avait même pas répondu. Le pilote du passeur referma la vitre de sa cabine et entreprit sa traversée. D'ordinaire beaucoup plus bavard, Rambert était enfermé dans un inhabituel silence. Arrivé quai Guiné, il ne salua pas. Et prit, en trottinant et le bras toujours en écharpe, la direction du centre-ville. Ses pas l'emmenèrent vers l'étude notariale… où il n'avait pas de rendez-vous.

— Je veux le voir, et maintenant, cria t-il en entrant dans le hall. La secrétaire essaya de temporiser.

— Mais qui ?

— Le père !

— C'est que… maître Voleau n'exerce plus. On ne peut le déranger.

— Oh ! Je sais très bien qu'il habite au-dessus ! Et qu'il doit bien nous entendre, là.

Alerté par le vacarme, le fils sortit de son bureau.

— Je vous en prie, monsieur Rambert. Qu'est-ce qui nous vaut ce vacarme ? Et ce n'est pas l'endroit pour faire un esclandre.

— Oh ! vous, le minot, je vous conseille de ne pas vous mêler de ça ! Je veux voir votre père. C'est tout. Et j'attendrai ici aussi longtemps qu'il le faudra. Je me doute qu'il est parti faire sa promenade et je ne suis pas pressé.

Me Voleau fils dut user de quelque subterfuge pour ramener le père Rambert à la raison et surtout pour finir par lui expliquer que son père avait été hospitalisé en urgence la veille au soir.

— Pas grave. Je reviendrai.

Le bonhomme tourna les talons. Le jeune notaire était plus que jamais décidé à étudier ce dossier Rambert dans les moindres détails. Tout comme les affaires Poirson.

Éric Capitaine émergeait des brumes dans lesquelles l'avaient plongé quelques courtes heures de sommeil. Il avait laissé un petit mot à sa compagne en rentrant du travail : « Réveille-moi à 2 heures ». Le garçon avait les premières minutes après le lever difficiles. Genre fonctionnement au radar. Alors, quand Martine, sa compagne, lui mit sous les yeux une lettre reçue le matin, il ne réagit pas sur le coup. Puis, il vit le cachet de la poste. Le pli venait de la Réunion. Il avait été posté à Cilaos. L'écriture ? Elle ne lui disait rien. Ce n'était, en tout cas, pas celle de sa mère. Sa mère, la seule personne de qui il aurait précisément aimé recevoir un courrier. Alors qu'on approchait des journées les plus courtes de l'année et avec des conditions météorologiques qu'il n'avait jamais connues auparavant, Éric Capitaine avait un petit coup de déprime. Et ses levers au milieu de la nuit n'arrangeaient rien. Depuis quelques jours, Martine sentait bien que quelque chose n'allait pas.

— Tu ne l'ouvres pas ? osa-t-elle,

— Je ne sais pas qui sait. Et d'ailleurs, comment ils ont eu mon adresse ?

La remarque était plutôt pleine de bon sens. Personne ne savait qu'il habitait ici. Il était toujours officiellement domicilié dans le petit studio mis à sa disposition par le notaire. Alors, comment l'expéditeur, sur l'île de la Réunion, pouvait-il savoir qu'il habitait sous un autre toit, à l'autre bout de la ville ?

Éric finit par retourner l'enveloppe. Il n'y avait pas de mention de l'expéditeur. Il se décida enfin à l'ouvrir. À l'intérieur une feuille pliée en trois et un chèque. Et sur le chèque, un petit mot collé : « Je suppose que tu dois vivre difficilement avec ton salaire. Bien à toi. Jean-Philippe Poirson ». Montant du chèque : 2.000 euros.

Son sang ne fit qu'un tour. Il prit son téléphone et appela sa mère. Sur l'île, c'était presque la fin de l'après-midi. Une petite voix décrocha. Éric Capitaine ne s'embarrassa pas de formule de politesse.

— Maman. Tu peux me dire ce que c'est, ce bazar ?

— Bonjour, mon fils. Dis-moi d'abord bonjour, quand même !

— Maman, je sais tout maintenant. Alors arrête de me mentir. Je sais tout, tu m'entends. Tout !

— Tu sais tout quoi, mon fils ? demandait la petite voix à des milliers de kilomètres de là.

— Je sais pour le docteur Poirson. Je sais qui il est. Je sais que c'est mon père. Il m'a envoyé en métropole et aujourd'hui je reçois un chèque de 2.000 euros. Mais maman, il faut qu'il arrête de se moquer de moi.

— Ah ! Et qui t'a dit, mon fils, qu'il était ton père ?

— Des tests ADN faits par la police, maman.

— Ne me dis pas que tu as des ennuis avec la police !

— Non maman, ne t'inquiète pas. Mais dans le cadre d'une enquête, il ont fait un prélèvement de mon ADN.

« Maman », effectivement, semblait ne pas comprendre ce que son fils lui racontait. Lui n'avait qu'une demande. Qu'on lui explique. Louise Capitaine se lança alors. Et cette histoire était d'une simplicité étonnante. Celle d'une femme qui vit dans des conditions difficiles dans la petite ville de Cilaos, qu'elle n'a jamais quittée même pour aller jusqu'au bord de mer pourtant pas très éloigné en distance. Arrive un jour de métropole un jeune médecin. Le docteur et madame Capitaine, c'est un soir, une sortie, une nuit qu'on passe ensemble. Et puis, plus rien… plus rien ou presque, parce que, un jour, la jeune femme va consulter le médecin. Il lui confirme qu'elle est enceinte et comprend tout de suite que, de cet enfant, il est le père.

— Il ne t'a officiellement jamais reconnu, poursuivit Louise Capitaine. Mais nous n'avons manqué de rien. C'était son choix. Il nous fallait l'accepter.

— Surtout moi, répondit Éric. On ne m'a jamais demandé si je voulais l'accepter ou pas. Et crois-moi que si on l'avait fait, je n'aurais sans doute pas eu la même réponse que toi.

— Appelle-le, lui conseilla sa mère.

À l'étude Voleau, le jeune notaire était encore marqué par la visite virulente du père

Rambert le matin-même. En quelques mots, ce « vieux », comme il le surnommait, lui avait suggéré que son père n'était peut-être ou sans doute pas si intègre que cela. S'il avait bien ouvert le dossier Poirson dans les archives et n'y avait rien trouvé, il doutait. Son père n'aurait de toute façon pas laissé dans les archives officielles de l'étude quelque document qui aurait pu lui causer des ennuis. Me Voleau fils prit donc une décision qui lui parut, sur le moment, terrible. Il allait profiter de l'hospitalisation de son père pour aller fouiller dans ses affaires.

Il était maintenant seul dans la grande demeure. Le personnel de l'étude était parti. L'escalier lui tendait les bras. Il s'apprêtait à faire les placards.

Il avait beau connaître cet appartement qui fut celui où il avait passé son enfance, le jeune notaire n'était que rarement rentré dans le bureau privé de son père. Était-ce le « cabinet noir » de l'étude ?

Toujours est-il qu'il était toujours fermé à clé, même quand le propriétaire était en les murs. Et donc là, il allait falloir trouver cette clé. Procéder avec logique. La chambre en premier. Il fouilla partout. Rien. Finit par soulever le matelas. L'idée s'avéra fructueuse. Sauf que ! La clé était bien là, mais verrouillée par un petit cadenas. Et ce pendentif que son père portait toujours, ne ressemblait-il pas à une petite clé justement ?

Me Voleau n'avait qu'une alternative. Ou renoncer, ou arracher la clé du bureau afin de l'ouvrir et s'expliquer ensuite avec son père. Il était temps de crever l'abcès. Il n'était pas question que son nom soit associé à de quelconques combines, même si elles remontaient à une époque où sa vie ne faisait que commencer.

Il tira donc un coup sec sur la clé. Le petit cadenas n'opposa aucune résistance. Quelques secondes après, le bureau privé du vieux notaire s'ouvrit. La pièce n'avait pas changé depuis la bonne quinzaine d'années qu'il n'en avait pas franchi la porte. La bibliothèque s'était, certes, enrichie d'ouvrages plus récents et les plus anciens avaient été entreposés dans des cartons. L'endroit était devenu une sorte de capharnaüm. Mais il faut dire que, et pour cause, le ménage n'y était jamais fait.

Sur les étagères, quelque part, devaient bien être rangés les dossiers de son père. Car aussi bizarre que cela puisse paraître, le jeune Voleau n'avait pas le souvenir d'avoir vu ici un coffre-fort. Finalement, son regard se porta sur un petit caisson bas qui pourrait être la bonne piste. Effectivement, il contenait diverses chemises cartonnées toutes repérées par deux lettres et deux chiffres. Un rapide coup d'œil permit de voir que la plupart étaient des titres de propriétés. Vingt exactement. Le notaire retraité avait un gros patrimoine immobilier. Pas vraiment une surprise pour son descendant. Mais il n'en imaginait pas tant. Jusque là, rien de suspect.

Le dernier dossier n'était pas classé de la même façon. Il portait les mentions 75OL. Celui-ci était entouré d'une ficelle, de sorte qu'on ne pouvait pas l'ouvrir facilement. Me Voleau n'hésita pourtant pas une seconde. La chemise contenait des plans. En un instant, il reconnut les bassins du port de plaisance. Et ce qui ressemblait à un grand programme immobilier.

– XVIII –

Les Sables-d'Olonne, mercredi 9 avril 1975

Conseiller municipal aux Sables-d'Olonne, Me Louis Voleau avait pris connaissance la veille au soir, lors d'une réunion de commission, du projet définitif du futur port de plaisance des Sables-d'Olonne. Autour de la table, tous les élus présents l'avaient approuvé. Seul un volet n'avait pas été évoqué : celui de l'immobilier. On s'était mis d'accord sur l'aspect nautique du projet, en évoquant même d'éventuelles extensions futures, mais personne n'avait osé évoquer ce second aspect. À une époque où on ne cessait de construire dans la ville, et notamment sur le remblai. Les barres d'immeubles poussaient comme les champignons en septembre dans une forêt.

Me Voleau avait étalé en grand un plan de la zone sur son bureau. Y avait dessiné l'emplacement du futur bassin. Et le résultat était qu'il restait tout autour bien des terrains, y compris sous forme de marais, qui pourraient accueillir des résidences. Le notaire n'avait plus qu'une formalité à accomplir : aller au cadastre pour avoir le nom des propriétaires de ces parcelles.

Louis Voleau pensait avoir une longueur d'avance et espérait bien pouvoir rapidement faire des offres d'achat. Bien vite, il se rendit compte cependant qu'il n'était pas le seul sur la ligne de départ. Le téléphone sonna dans la demeure de la place du Commandant-Guilbaud.

— Maître Voleau ? C'est Pierre Chagnée.

— Oui, bonjour !

— Vous en étiez hier soir ?

— J'en étais de quoi ?

— De la réunion de la commission des travaux. Dites, vous allez bien pouvoir me confirmer si les informations que j'ai eues sur le dossier définitif du port sont exactes.

— C'est confidentiel tant que ça n'a pas été présenté en conseil municipal, enfin !

— Oui, c'est ça, mon bon notaire. Tu me prends pour qui ? Tu crois que je ne sais pas que tu vas essayer de griller tout le monde en faisant quelque opération bien juteuse sur ce coup-là. T'inquiète pas, mon gars, tu m'auras toujours en face de toi. Mais je ne ferme pas la porte. Toi et moi, on peut trouver un accord. Tu vois, le genre de truc, on partage. On fait en sorte que chacun y trouve son compte et n'hypothèque pas son avenir. Allez, bien à toi. Tu connais mon numéro de téléphone si tu veux parler.

Il raccrocha. Sur le coup, Louis Voleau, sonné, n'eut même pas le réflexe de le faire. Le bip discontinu d'occupation de la ligne résonnait dans le combiné. Il reprit ses esprits trente secondes après. Pierre Chagnée avait un informateur dans le conseil. Après une courte réflexion, il se dit que, finalement, cela n'avait rien d'étonnant. Il avait une bonne partie des notables sablais dans sa poche. Alors, que l'un d'eux ait succombé à une de ses promesses n'avait rien d'étonnant. Le promoteur avait quelques appuis. La ville se montrait parfois généreuse en aménagements publics à l'emplacement de ses immeubles. On ne comptait plus les passages piétons tracés juste devant les entrées de ses résidences, les « bateaux » pour faciliter le passage des voitures pris en charge par la collectivité alors qu'ils auraient dû l'être par le privé. Le nombre de portes que Pierre Chagnée pouvait pousser dans la ville sans avoir besoin de sonner devait se compter par plusieurs dizaines. Chaque fin d'année, il se montrait généreux en caisses de champagne et en boîtes de chocolat selon qu'on était influent ou un peu moins.

Oui, le promoteur avait sans doute pris de l'avance. Peut-être avait-il déjà contacté certains propriétaires.

À la Chaume, Ernest Rambert, dont personne ne connaissait le prénom puisqu'on l'appelait toujours par son seul nom, était un personnage bien connu dans le milieu de la pêche. Bien qu'il ne fût pas pêcheur. Non ! Rambert était, disons, agent. Vente de bateau, de matériel, etc., « l'agence » était sur tous les fronts mais n'avait pas pignon sur rue. Pour le contacter, il suffisait de se rendre sur le quai de la Chaume. Le « professionnel » avait un bureau dans chaque bistrot. Généralement la table le plus près de la porte, de sorte qu'on pouvait voir sans entrer si le bonhomme était là ou pas.

Pierre Chagnée connaissait la combine. En fin de matinée de ce jour d'avril, il débarqua donc de l'autre côté du chenal. Ernest

Rambert était sur le trottoir devant le *Bar du Pont*. Le promoteur engagea la conversation.

— Vous me connaissez ?

— Ça, pour sûr que je te connais. T'es le promoteur Chagnée. Et tu voulais me voir ?

— Disons qu'il faudrait qu'on parle, mais on ne va pas le faire sur le trottoir.

Il entrèrent dans le bar, prirent la direction d'une table au fond. Discrétion oblige. Ils commandèrent deux blancs secs. C'était l'heure. Le promoteur entreprit Rambert sans tourner autour du sujet.

— Vous savez sûrement qu'on va construire ici un port de plaisance.

— Forcément que je le sais. Tu sais très bien qu'on ne cause que de ça ici. Même qu'on se demande comment on va être mangés. Il se dit même que ce projet serait bien avancé.

— Justement, c'est aussi le moment de parler des annexes. Vous voyez, ce qu'il pourrait y avoir autour. Et qui rapporterait un peu.

— Tu veux dire quoi ? Qu'on construirait des barres d'immeubles comme sur le remblai ?

— Pas seulement. Des immeubles, des commerces, toute une zone d'activités. Et pour ça, il faut de la place.

— De la place, justement, y'en a pas. Juste derrière votre port, là, on est tout de suite dans les marais.

— Et imaginez qu'on ait le droit de remblayer cette zone précisément. Ça serait pas mal, non ?

Rambert voyait venir le promoteur. Il devait certainement détenir des informations sur le sujet. Et lui n'allait pas tarder à le savoir. Les deux verres venaient d'arriver sur la table. Ils s'en occupèrent… sans trinquer. Ici, on ne le faisait qu'à l'amitié, ou aux affaires seulement si elles étaient conclues.

— Dis donc, Chagnée, t'as l'air d'être au courant de ce qui se prépare, toi. Je ne sais pas d'où tu le tiens, mais ça m'a l'air très sérieux. Donc, tu laisses entendre que les terrains des marais pourraient… comment dire… être valorisés ? C'est bien ça ?

— Ça y ressemble. Et c'est pour ça que je suis là puisque je sais que vous êtes propriétaire d'une grande surface dans cette zone-là. Disons qu'on pourrait peut-être en parler très sérieusement dès maintenant.

— Maintenant, pourquoi pas. Encore que, il faut que je réfléchisse. Mais dans tous les cas pas autour d'une table de bistrot. Si tu veux qu'on cause, il faudra aussi que tu me présentes un projet détaillé. Que je puisse évaluer exactement ce que tu veux en faire. On se revoit vendredi si tu veux. Rendez-vous au bout du pont à midi.

Ils finirent leur verre rapidement et se serrèrent la main une fois sortis du bar. Sans chaleur, juste par politesse. En rentrant chez lui, Rambert fila à l'étage et sortit une valise du dessous du lit. Il en sortit les plans de ses terrains dans le marais. Et laissa travailler son imagination. Ses terrains intéressaient le promoteur ? Cela signifie donc qu'ils sont limitrophes des bassins du futur port, dont il n'avait jamais vu les plans. Et pour cause, ils n'avaient jamais été publiés. Et s'il veut vraiment mes terrains, il va falloir y mettre le prix. Il attendait les propositions du promoteur. Mais une chose était sûre. Si celle-ci était alléchante, il saurait bien vite oublier le fait qu'ils venaient de sa famille en remontant à plusieurs générations. Il saurait ne pas faire de sentiments dès lors que cela garnirait copieusement son compte en banque.

Rambert ne pouvait cependant prendre cette décision seul. Il devait soumettre l'idée à Augustine qui devait en être informée. Et dont il aurait à imaginer la réponse. Il prit son vélo et fila vers le cimetière ancien.

S'assurant qu'il n'y avait personne, il entreprit son monologue avec la défunte.

— Ma bonne Augustine, il faut que je t'informe qu'il se passe des choses à la Chaume et qu'il y a peut-être une occasion qu'on soit riches… enfin, que je sois riche.

Puis, planté devant la tombe, il commença ses explications. Raconta tout ce que lui avait dit le promoteur Chagnée

— Alors, t'en penses quoi, ma belle ? Est-ce que je dois entendre ses propositions ou lui dire d'aller se faire voir avec son projet immobilier.

Bien évidemment, la réponse revenait à lui seul. De retour à la maison, il entreprit la préparation du repas de midi : sole et petits légumes. Il s'apprêtait à mettre les 100 grammes de beurre dans la poêle quand le téléphone retentit. Sa sonnerie stridente envahit toute la maison.

— Monsieur Rambert, ici maître Voleau, votre notaire.

— Bonjour maître. Qu'est-ce qui me vaut l'honneur d'être appelé par vous ?

— J'aimerais bien vous rencontrer, monsieur Rambert. Mais pas à l'étude. Ce serait une rencontre informelle. J'aurais à m'entretenir avec vous d'un sujet brûlant.

— Je vous entends bien, mais il faut quand même que vous m'en disiez un peu plus.

— Disons que… je me suis souvenu que vous aviez des terrains juste derrière le futur port de plaisance et que… je crains qu'ils ne deviennent très convoités. Et il faudrait qu'on en parle. Je ne voudrais pas que vous puissiez faire une mauvaise opération, vous comprenez ?

— Très bien, maître. Disons, 15 h au bout du pont. Côté Chaume bien évidemment.

Ça faisait beaucoup en une matinée. Le notaire n'est pas un philantrope. Donc il se passe forcément quelques chose. À 15 h sonnant à l'église Saint-Nicolas, il attendait au bout du pont. Le notaire arriva au volant de sa Peugeot 504, trouva une place de stationnement côté Sables et traversa rapidement.

Au *Bar du Pont*, ils s'assirent à la même table que celle utilisée le matin. Ça tombait bien, Rambert ne voulait pas qu'il y ait de différence de traitement entre ses deux interlocuteurs.

Café, demanda le notaire. Un petit rosé, enchaîne Rambert. Tout comme le matin avec le promoteur, on rentra vite dans le vif de la conversation.

— Monsieur Rambert, vous savez sûrement qu'il y aura ici dans quelques années un port de plaisance.

L'entame de la discussion était exactement la même.

— Forcément que je le sais. Vous imaginez bien qu'ici on ne parle que de ça.

— Justement monsieur Rambert, on va rentrer prochainement dans une nouvelle phase, celle de l'aménagement. Le projet définitif du port doit être présenté bientôt au conseil municipal, mais pour les aménagements autour, il n'y a rien encore rien de fait.

En bon filou, Rambert voulait laisser venir le notaire sur ce terrain sans lui couper la parole. L'homme de loi poursuivit.

— Vous savez, aujourd'hui, un tel aménagement ne peut se faire sans un complément immobilier. Il y aura donc forcément des résidences autour. Et en vérifiant sur le cadastre et dans les dossiers de l'étude, j'ai vu que vous étiez propriétaire des terrains situés là où on pourrait construire.

— Vous êtes venu me voir pour me donner des conseils ou pour me proposer de les acheter ?

— Un peu des deux, mon bon Rambert. Pour vous avertir que ces terrains vont susciter des convoitises. Et en vous les achetant, moi, je vous mettrais à l'abri de certaines offres mirobolantes mais qui, au bout du compte, ne le seraient pas tant que ça.

— Pour les convoitises, comme vous dites dans votre beau parler, je suis déjà au courant, maître…

— … Vous me dites là que vous avez déjà été contacté ?

— Oui, maître. Et j'ai même une proposition que j'étudie de très près.

— Combien on vous en offre ?

— Ah ! mais je ne vous le dirai pas ! Je négocie. Mais vous souhaitez me faire une offre, faites ! Je l'étudierai avec bienveillance, comme celle de mon autre interlocuteur.

— C'est Chagnée, n'est-ce pas ?

— Comment vous dire non ! Celui qui a fait construire la moitié du remblai des Sables ne peut pas manquer l'occasion de le faire sur le futur port.

Le notaire fut complètement pris de court. Il lui fallait étudier de beaucoup plus près le projet avant de proposer un prix pour ces terrains. Persuadé que le promoteur avait fait une offre, sans avoir la moindre idée de son montant, il prit congé de Rambert, lui faisant savoir qu'il lui ferait une proposition dans les quarante-huit heures… lui aussi.

Une fois maître Voleau parti, le Chaumois commanda un autre rosé pour fêter ça. Il espérait ainsi voir les prix monter.

– XIX –

Mercredi 12 décembre 2018

Bien que les visites soient interdites à l'hôpital le matin, maître Voleau fils voulait voir son père rapidement. À l'accueil, on tenta bien de l'en empêcher, tout comme dans le service cardiologie où il séjournait toujours. Après palabres, le médecin accepta finalement qu'il vît le malade. Mais quelques minutes et sans le fatiguer.

Le notaire entra délicatement dans la chambre dans laquelle son père était « branché » à plusieurs appareils. Il le tira de la somnolence. Sans un bonjour, il l'entreprit sur la découverte qu'il avait faite la veille au soir. Lui avoua qu'il avait dû forcer la porte de son bureau pour en arriver là. Et dit aussi sa grande déception de lire ce qu'il avait appris dans ce dossier.

— Papa. Ce que j'ai à te dire ne va pas te faire plaisir. Papa, je doute de toi. De ton intégrité de notaire et de ton honnêteté. Certaines informations qui arrivent jusqu'à moi m'ont laissé imaginer que tu étais vraisemblablement mêlé à des affaires… disons bizarres avant la construction de Port Olona. Alors, j'ai pris sur moi d'entrer dans ton bureau. Sans trop de problème, je te l'avoue. Et en cherchant, toujours sans trop de difficulté, je suis tombé sur un dossier ficelé estampillé 75OL. Est-ce que ça te dit quelque chose ?

Me Voleau père réagit à peine, trop fatigué qu'il était. Pas un mot ne sortit de sa bouche. Tout à coup, l'électrocardiogramme s'emballa. Le médecin arriva aussitôt. Fin de la visite.

L'enquête de police devait maintenant s'orienter vers la chapelle Biroteau. « Du beau boulot » avait commenté le commissaire Alexandre Roullin quelques heures plus tôt.

— Je dois reconnaître que, si quelqu'un a réussi à y cacher deux corps pendant quarante ans, c'est un bon coup, avait-il expliqué au brigadier Sébastien Boré.

Mais ça ne faisait pas avancer le dossier. Il fallait maintenant s'occuper de Jean-Philippe

Poirson à la Réunion qui avait certainement des choses à leur raconter. Car il ne faisait guère de doute qu'Éric Capitaine avait un rôle à jouer dans cette bonne affaire. Et surtout, il fallait comprendre pourquoi maître Voleau père leur avait spontanément dit que la paternité du docteur Poirson changeait tout.

— Commissaire Roullin ? Brigadier Davier du laboratoire de Lyon.

Une équipe de quatre personnes du « labo », de sa vraie appellation « Institut de police technique et scientifique », était en effet attendue ce matin. Elle allait aujourd'hui se rendre au cimetière de la Chaume pour passer au crible la chapelle et la tombe afin de relever le maximum d'indices. Ceux d'il y a quarante ans avaient certainement disparu. Mais des plus récents étaient forcément encore présents.

— Venez prendre un café que je vous briefe, lança Roullin aux quatre scientifiques. Sébastien Boré les avaient rejoints. C'est lui qui aurait pour tâche de les accompagner.

— Bon, alors voilà, commença le commissaire. Nous avons découvert des ossements dans une chapelle mortuaire datant du XIXe siècle. Le hic, c'est que ces os ont une quarantaine d'années. Une partie d'entre eux ont été exhumés il y a quelques semaines et on en a retrouvé à plusieurs endroits, comme les cailloux du Petit Poucet. Personne n'est descendu dans ce caveau. Moi, je me suis juste penché dessus pour passer la tête à l'intérieur. Malheureusement, la scène doit être un peu polluée car on a dû faire venir une équipe de marbriers pour bouger la pierre. Elle a, certes, pris des précautions, mais elle a certainement laissé des traces. D'ailleurs, vous allez retrouver cette équipe sur place ce matin avec son matériel de levage. À vous de jouer maintenant.

Sébastien Boré prit en charge ses quatre collègues. Leur arrivée au cimetière ne passa pas inaperçue, le camion sérigraphié « Police scientifique et technique » étant venu se garer dans une allée au plus proche de la chapelle Biroteau. Le gardien n'était pas peu fier d'accueillir une telle équipée en ces murs. Dans la rue, les conversations et autres commérages allaient bon train. Un peu plus tôt sur le port, ce transport un peu spécial n'avait pas manqué non plus d'attirer l'attention.

Éric Capitaine qui, au même moment, rentrait de son travail à la criée, s'était tout de suite douté que ce convoi allait vers le cimetière. Il décida de s'y rendre en se faisant le plus discret possible. L'arbre situé près de la porte eut bien du mal à le cacher. Le brigadier Sébastien Boré le remarqua tout de suite.

— Poirson, Poirson, Poirson…

Alexandre Roullin ne cessait de répéter ce nom. Quel rôle pouvait bien jouer le docteur Poirson. Il était beaucoup trop jeune à la mort de son père pour être mêlé à une éventuelle malversation de ce dernier. Poirson… pourquoi était-il parti exercer à la Réunion très jeune pour ne jamais revenir en métropole par la suite, excepté quelques rapides visites. Qui pouvait bien aujourd'hui répondre à ces interrogations. Maître Voleau père ? Oui, mais il était hospitalisé. Maître Voleau fils ? Pour partie peut-être, mais il n'était pas au courant de toutes les affaires passées de l'étude. Le père Rambert ? Cet ancien devait en connaître sur cette affaire au milieu de laquelle il était sans doute impliqué. Qui d'autre ? Le commissaire, au premier abord, ne voyait pas. Peut-être qu'en posant la question à Philippe Thibaudeau, qui semblait avoir des archives familiales, on trouverait une piste. À cet instant, le téléphone du commissaire vibra.

— Patron, c'est Sébastien Boré. Pour votre information, Éric Capitaine est à la sortie du cimetière en train d'observer tout ce qui s'y passe. Il essaie de se planquer derrière un arbre, mais il est aussi discret que le nez au milieu du visage. Qu'est-ce qu'on fait ?

— Tu ne bouges pas. En revanche, si vous le voyez partir, essayez de le prendre en filoche. Je veux savoir ce qu'il fait.

Il était là depuis une bonne demi-heure et avait vraisemblablement compris qu'il était repéré. Les techniciens de l'institut de Lyon opéraient autour et à l'intérieur de la chapelle. Vêtus de combinaisons intégrales, seul le visage était découvert. Ils avaient sorti des dizaines de kilos de matériel. Leur véhicule était, à lui tout seul, un laboratoire scientifique. La porte fut analysée sous toutes les coutures. Relevé de traces, prélèvement de peinture... ou du si peu qu'il en restait. Les employés de l'entreprise de marbrerie avaient été eux-aussi invités à enfiler combinaisons, surchaussures et gants. Cette fois, leur travail serait un peu plus difficile. Il leur était demandé de lever la pierre tombale de sorte que le caveau soit entièrement ouvert. Pas simple dans un endroit aussi exigu. Avec difficulté, ils étaient arrivés au bout de cette tâche.

Le jour éclairait entièrement le caveau. Les deux squelettes, avaient, en fait, été parfaitement allongés sur les deux cercueils. Les techniciens prirent de nombreuses photos après avoir posé des témoins. Ils firent ensuite plusieurs prélèvements de terre et de sable dans le caveau. En employant une technologie dernier cri, il firent un scanner complet avec images en 3D de l'ensemble des ossements. La police n'ignorerait plus rien du contenu de la tombe.

Restait maintenant le plus délicat : remonter les ossements et reconstituer ce qu'il restait des squelettes. Cela prit deux bonnes heures.

Éric Capitaine avait donc quitté sa planque depuis un bon moment quand les techniciens rangèrent leur matériel. Ce qui avait été sorti du caveau avait été soigneusement rangé dans deux conteneurs spéciaux qui allaient traverser la France. Les marbriers allaient entrer en scène pour remettre la pierre tombale et bien la sceller. À Alfred et Arlette Biroteau pour l'éternité.

Lorsqu'il s'était éclipsé de derrière son arbre, Éric Capitaine avait pris la direction du quai de la Chaume. Acheta au passage son tabac à rouler et des filtres. Il rejoignit Martine Logeon à *L'Étoile de mer*.

— Tu étais encore passé où ? Ça fait une bonne heure que je t'attends !

— Je suis passé par le cimetière.

— Parce que tu vas au cimetière, toi, maintenant ? Tu as de la famille à visiter là-bas ?

— Non, mais il y avait plein de flics de la scientifique. Ils ont décortiqué la chapelle des Biroteau.

— Et en quoi ça t'intéresse, ce truc ? C'est encore cette histoire d'ossements ?

Un peu plus tard, le couple avait rejoint son domicile de la rue de Parisse. Le policier qui les avaient suivis put rendre son rapport. RAS.

– XX –

Vendredi 11 avril 1975

C'était décidé. Rambert était prêt à négocier pour une éventuelle vente de ses terrains. Il avait, bien sûr, quelques conditions à poser. Et surtout, il avait deux acheteurs potentiels qui étaient prêts à faire monter les enchères pour arriver à décrocher ce marché très lucratif. Comme prévu, il attendait au bout du pont à midi, heure du rendez-vous avec le promoteur. Celui n'arriva pas seul et cela ne plut qu'à moitié à Rambert, qui aimait bien les négociations discrètes. L'autre, il le connaissait vaguement, ayant vu sa photo quelques fois dans les journaux.

— Monsieur Rambert, je vous présente Luc Poirson.

— Il travaille avec vous, celui-là ?

— Non pas directement. C'est le concepteur du port de plaisance. Et dans ce dossier, on ne peut pas s'ignorer l'un l'autre.

— Oh !... peut-être, mais si tu me le présentes dès maintenant, c'est que vous avez une idée très précise de ce que vous voulez faire ! Moi, je veux bien qu'on discute, mais je veux savoir exactement ce que vous prévoyez de faire à côté de ce port. Parce que, à l'avenir, je ne veux pas qu'on m'accuse d'avoir vendu des terrains pour construire des horreurs.

Luc Poirson n'avait encore pas fait entendre le son de sa voix. Et s'y risqua.

— Ne vous inquiétez pas, monsieur Rambert, si je suis là, c'est uniquement parce que, effectivement, avec monsieur Chagnée, nous considérons qu'il s'agit d'un projet global, qui doit se faire en harmonie.

— Bon. Alors, on va se mettre d'accord sur un truc. Vous me faites une proposition aujourd'hui. Vous me donnez votre plan. Je réfléchis, disons une semaine, et je vous donne une réponse vendredi prochain. Ça vous va ?

— Une semaine, c'est un peu long. Mercredi. Et vous me signez une exclusivité jusque-là.

— C'est-à-dire ?

— … que vous ne montrez ce plan à personne et que vous annulez le rendez-vous avec maître Voleau cet après-midi. Monsieur Rambert, je sais que vous devez le voir dans quelques heures.

Rambert comprit à cet instant que les deux étaient vraiment prêts à tout pour construire cette résidence.

— D'accord comme ça. Et votre proposition de prix…

— … Vingt mille francs l'hectare. Pour du terrain considéré comme agricole, c'est Versailles.

— Ouais… Faut que je calcule. Bon allez ! À mercredi, même lieu, même heure.

Vingt mille francs l'hectare. Rambert fit tourner quelques chiffres dans sa tête. De prime abord, la proposition était alléchante. Fallait voir, réfléchir, étudier le plan. Et dans un premier temps annoncer au notaire Voleau qu'ils ne se verraient pas dans l'après-midi.

— Je ne sais pas pourquoi, monsieur Rambert, mais je m'attendais à un coup fourré comme ça, lui répondit l'homme de loi. C'est Chagnée qui vous a demandé ça, n'est-ce-pas ?

— Je pourrai peut-être vous en parler en milieu de semaine prochaine.

— Ma proposition n'était pas inamicale, monsieur Rambert. Je connais Chagnée. Ce sont vos terrains et vous en faites bien ce que vous voulez. J'espère juste que vous n'accourrez pas un jour dans mon étude pour venir vous plaindre et me demander conseil. Ce jour-là interviendrait trop tard.

— Pfouahhh ! Vous n'êtes tous les deux que des embobineurs, et il n'y en a pas un pour rattraper l'autre.

Ainsi prit fin leur conversation. Rambert avait cinq jours pour prendre une décision.

– XXI –

Jeudi 13 décembre 2018

Le docteur Poirson était donc propriétaire d'appartements sur le remblai des Sables et de deux villas dans le secteur de l'ancien hôpital. Des biens hérités sitôt le décès déclaré de son père. Des appartements et deux villas acquis entre 1975 et 1978. Ce qui interpellait pour le moins maître Voleau, car, d'après les éléments en sa possession, le niveau de revenus de Luc Poirson n'en permettait pas l'acquisition. D'autant plus qu'il était fait mention de paiement comptant… sans mention de la provenance des fonds. Ce n'était sans doute pas le plus intéressant dans cette affaire. Les actes ne contenaient rien d'illégal et quarante ans après, il serait bien difficile de remettre tout cela en question.

Le commissaire Alexandre Roullin était bloqué dans ses recherches. Et il fallait bien en sortir. Il n'y avait qu'une possibilité : contacter le notaire.

— J'aurais besoin de vous rencontrer.

— Vous faites bien. Moi aussi, je m'apprêtais à vous appeler. Je suis à l'étude, je vous attends de suite.

Le commissaire était aux anges. Il avait vraisemblablement des informations à lui communiquer et était donc prêt à coopérer. À son arrivée dans le bureau du notaire, le dossier Poirson était bien en évidence sur la table.

— Voilà, commissaire, ce que j'ai trouvé dans les archives de l'étude.

Le notaire expliqua sommairement le patrimoine de Luc Poirson, transmis en 1979 à son fils et fit part au commissaire de ses interrogations sur l'origine des fonds ayant servis à cette acquisition.

— Et pourquoi 1975 ? demanda le commissaire.

— 1975, c'est l'année où Chagnée et mon père se sont disputé l'achat des terrains de monsieur Rambert.

— Vous voulez dire que les deux voulaient les acheter ?

— Oui. J'ai trouvé un dossier dans les affaires personnelles de mon père. Il avait eu connaissance du projet définitif du port avant qu'il soit présenté et adopté et comptait bien griller Chagnée. Mon père a juste sous-estimé le carnet d'adresses et le réseau du promoteur.

— Ce qui signifie ?

— ... Que l'un et l'autre ont contacté Rambert en même temps et que c'est le plus malin qui l'a emporté. Et le plus malin, c'était Chagnée.

— Et le rôle de Luc Poirson dans cela ?

— Dans le dossier de mon père, il y a son projet et celui de Chagnée. On peut imaginer, à la vue du second qui était gigantesque, que le promoteur a voulu acheter la complicité du chef de projet du port, qui avait un peu le dernier mot dans toutes les décisions.

— Une forme de corruption ?

— Oui, appelons ça comme ça.

— Et sur les conditions d'acquisition des terrains, vous avez des informations ?

— Je n'ai rien trouvé. Je vous rappelle que l'acte a été signé à La Roche-sur-Yon. Qu'il n'y en avait ici qu'une copie que je n'ai jamais lue et que monsieur Rambert est venu chercher. Mon père, en revanche, en sait sans doute plus… mais il est encore un peu faible.

— Pas grave, conclut le commissaire avant de prendre congé.

Le père Rambert avait sans doute bien des choses à raconter. Et il fallait se méfier de son air bourru. Le brigadier Sébastien Boré fut appelé à la rescousse.

— Venez, on va chez Rambert. C'est pour une discussion très sérieuse.

Alexandre Roullin ne s'était pas départi de son flegme mais semblait très déterminé. Arrivés rue du Lieutenant Maurice-Anger chez le vieil homme, les deux policiers furent accueillis par l'aide-ménagère.

— Monsieur Rambert est sorti faire des courses, mais il ne devrait pas tarder.

— Ça n'est pas grave, on n'est pas pressé. On va attendre. Boré, allez garer la voiture un peu plus loin, s'il vous plaît. Pas la peine de la laisser devant.

Les minutes passaient et le propriétaire des lieux n'était toujours pas de retour. Le commissaire prenait son mal en patience. Une demi-heure plus tard, le père Rambert apparut dans l'encadrement de la porte. Tout étonné d'avoir des visiteurs.

— Ah ! Encore vous ?

— Oui, encore nous, répondit aussitôt le commissaire. Et asseyez-vous en face de moi, qu'on se voie les yeux dans les yeux. Je crois qu'il est grand temps que vous nous expliquiez par le détail la vente de vos terrains en 1975. Et j'aimerais également bien lire la copie de l'acte notarié que vous avez récupérée chez maître Voleau récemment.

— Je suis obligé ?

— Pour l'acte, non. Mais ça nous ferait gagner du temps.

Le père Rambert donna congé à son aide-ménagère. Hors de question que ce tête-à-tête avec les policiers se déroule en sa présence. Puis le bonhomme grimpa à l'étage pour en redescendre quelques instants plus tard avec son acte de vente. Et posa le tout sur la table.

— Et maintenant, racontez-nous, lança le commissaire.

– XXII –

Mercredi 16 avril 1975

Même lieu, même heure que le vendredi précédent. Chagnée et Rambert étaient ponctuels au rendez-vous. Poirson avait été écarté de cette nouvelle phase de négociation.

— On ne va pas parler de nos affaires dans la rue, monsieur Rambert. Je vous emmène à mon bureau.

Mis devant le fait accompli, le Chaumois n'eut pas le choix. Le voilà dans la voiture du promoteur. Direction le boulevard Castelnau, à deux pas de la plage. Les locaux de l'entreprise de promotion immobilière Chagnée étaient pour le moins discrets, dans un immeuble datant des années cinquante. Seule une simple plaque vissée sur la porte en permettait l'identification. L'intérieur était à la même image. Modeste. On brassait ici des centaines de millions de francs et la tapisserie commençait à jaunir. La pièce était grande : suffisamment pour accueillir le bureau et une grande table ronde. Certainement celle autour de laquelle devaient se prendre des décisions stratégiques. Celle aussi autour de laquelle devait se décider l'avenir du remblai des Sables-d'Olonne.

Pierre Chagnée ferma la double porte isolante qui séparait cette pièce de celle où œuvrait la secrétaire. Oui, la secrétaire. La maison semblait aussi regardante en termes d'effectifs qu'elle l'était sur la fraîcheur des tentures de rideaux.

Rambert, bien que près de ses sous lui aussi, imaginait l'entreprise Chagnée vivant quand même sur un train de vie un peu plus élevé. Les deux hommes s'assirent autour de la grande table, idéale pour étaler le plan du futur port et de ses « annexes ». Tel un général devant son état-major, Chagnée était debout donnant quelques explications en pointant du doigt les grandes lignes de son projet. Rambert ne comprenait pas tout, en fait. Cette présentation était très technique. Il en retint seulement que ses quinze hectares de terrains étaient juste placés au bon endroit. Que quinze fois vingt mille, ça faisait trois cent mille. Et que le promoteur pouvait forcément faire un effort.

— Monsieur Rambert, vous savez que c'est du terrain agricole et que, actuellement, dans cette région, il se négocie entre neuf et dix mille francs l'hectare. Je vous en donne le double, lui répondit-il sèchement.

— Et comme vous m'en proposez deux fois le prix, vous considérez que ça n'est pas négociable. C'est ça ? Eh bien ! Pour moi, c'est non, et je m'en vais !

Rambert remit sa veste et se dirigea vers la porte. En travers de laquelle Chagnée avait déjà sauté.

— Mais bien sûr que c'est négociable. Faites-moi une proposition.

— Trente mille !

— Pour un terrain invendable autrement, ça fait un peu beaucoup, vous ne trouvez pas ?

— Avec le pognon que vous allez vous faire, vous ne déboursez que quarante cinq mille en tout. Bon, faut que je voie. Assez discuté pour aujourd'hui. Ce n'est pas la peine de me raccompagner, je rentre à pied.

De retour à la Chaume, Rambert s'est empressé de téléphoner à maître Voleau qui n'en demandait pas mieux. La rencontre eut lieu dans la soirée à l'étude. Le notaire avait l'impression de rester dans la course. Il allait enfin savoir combien Chagnée était prêt à mettre sur la table pour l'acquisition de ces terrains.

— Bon, alors, et vous, qu'est-ce que vous avez comme projet ? Rambert lança la discussion de façon rapide. Parce que vous comprenez, moi je vends, mais pas pour en faire n'importe quoi non plus.

Maître Voleau posa son plan sur le bureau. Dossier moins bien préparé, se dit Rambert, mais bon, le notaire n'était pas non plus un bâtisseur. Les deux projets présentaient de nombreux points communs, si ce n'est que les immeubles prévus par Chagnée étaient beaucoup plus hauts, ce qui, selon le Chaumois dénaturait plus le paysage.

— Ouais, je vois ! lança, sceptique, Rambert. C'est tout ce que vous avez imaginé pour l'instant ? Parce que le projet du promoteur est quand même plus précis.

— C'est normal, il travaille dessus depuis des mois, tenta de se justifier maître Voleau.

— Bon, passons aux choses sérieuses. Combien êtes-vous prêt à en donner ?

— Au terrain agricole, ça coûte actuellement entre huit et neuf mille francs. Je vous en propose quinze mille.

D'une façon que n'aurait pas reniée le Jean Gabin du film Le Tatoué, Rambert se lança dans un :

— … Ahhhhhhh ! Mais vous n'y pensez même pas. À ce prix là, je vais crever la misère.

Le notaire comprit immédiatement qu'il avait tapé à côté de la plaque. Que Chagnée avait mis la barre plus haut. À moins que Rambert y aille complètement au bluff.

— Votre demande, c'est quoi ?

— … Pas moins de trente mille. C'est ce que ça vaut si vous faites construire des immeubles que vous allez revendre à prix d'or. Alors Rambert, il est prêt à vous vendre les terrains, mais il veut sa part du gâteau. Et mettez-vous bien dans la tête, vous comme l'autre, là, que pas de terrains, pas de gâteau et encore moins de cerise dessus.

– XXIII –

Jeudi 13 décembre 2018.

— Voilà commissaire ce que je pouvais vous dire sur la vente des terrains.

— Sauf l'essentiel. Combien vous les avez vendus et à qui ?

Le père Rambert poussa devant lui la copie de l'acte notarié. Le bras du commissaire fit l'autre moitié du chemin. Le voir ainsi passer d'une main à une autre semblait au bonhomme un vrai crève-cœur. Le commissaire passa les premières pages de formalités pour arriver au plus intéressant. Le prix était de dix mille francs par hectare.

— Attendez, monsieur Rambert. Là, il y a quelque chose qui ne va pas du tout. Chagnée vous en a proposé vingt mille, vous en avez demandé trente. Et je vois que vous l'avez vendu dix ?

— C'est que… on a continué à négocier, lâcha le bonhomme d'un air gêné.

— J'attends vos explications, répondit Alexandre Roullin avec beaucoup d'insistance.

Il y eut un long silence et le père Rambert finit par craquer.

— Chagnée m'a fait une autre proposition. Pour mettre le notaire définitivement hors-jeu. Il m'a proposé de rester au prix du terrain agricole, donc dix mille francs, mais de me donner la propriété de deux appartements dans une résidence qu'il construisait. Comme ça, on déclarait une vente de cent cinquante mille francs au fisc. Et pour le reste, il en faisait son affaire.

— Quel reste ?

— La propriété des appartements. Il connaissait un notaire à La Roche-sur-Yon qui devait tout arranger pour… enfin, vous comprenez quoi ! Pour magouiller.

Tel un gamin pris la main dans le bocal de bonbons, le père Rambert faisait amende honorable. Ou tentait de. Pour le commissaire Roullin, cette histoire d'appartements n'était pas une information en soi. Il savait, bien évidemment, que le petit arrangement entre amis s'était conclu comme cela. Seulement, il voulait juste entendre le bonhomme le lui annoncer lui-même.

Cela ne lui expliquait toujours pas pourquoi on avait tué Chagnée et Poirson en septembre 1978 et fait réapparaître leurs ossements quarante ans jour pour jour après la démolition du pont de la Chaume.

Ni pourquoi Rambert racontait quelques jours auparavant qu'il s'était fait rouler dans la farine. Il était donc urgent d'aller voir le notaire Voleau père, y compris à l'hôpital, en faisant fi de l'interdiction des médecins.

En ce début d'après-midi, le hall d'accueil du centre hospitalier des Sables grouillait de monde qui venait en consultation. C'était parfait pour ne pas se faire remarquer et monter dans les étages. Alexandre Roullin, le « capitaine » Barteau et le brigadier Sébastien Boré n'eurent donc aucun mal à rejoindre directement le service cardiologie.

Le personnel courait dans tous les sens dans le couloir. Une aide-soignante fermait toutes les portes de chambres restées ouvertes.

— Prévenez tout de suite la police, hurla un médecin.

— Elle est là la police, répondit tout aussi fort le commissaire. Qu'est-ce qui se passe ici ?

— On a tenté de tuer un de nos patients. Et vous, je suppose que vous n'êtes pas là par hasard ?

— Je ne connais pas tous vos patients, mais si vous me dites qu'il s'agit de maître Voleau, ça pourrait faciliter les choses.

— Comment vous pouvez savoir que c'est lui puisqu'on n'a pas eu le temps de vous prévenir ?

— Parce que c'est précisément lui qu'on vient voir.

Assise sur une chaise dans le couloir, une infirmière était prise en charge par ses collègues. Elle avait été frappée par un homme, qui, dérangé dans son « travail », lui avait mis une droite au visage.

— Boré, occupez-vous de cette dame dès qu'elle ira mieux, intima le commissaire.

Lui et le médecin s'installèrent dans le bureau du second.

— On a entendu un grand cri dans la chambre de monsieur Voleau, un meuble voler à travers la pièce. Je suis arrivé tout de suite. J'étais juste à côté dans la salle technique. L'infirmière était à terre et venait d'être frappée. Les appareils du patient avait été débranchés. À la prise de courant.

— Vous avez vu quelqu'un partir ?

— Moi non, et personne non plus. Seule l'infirmière pourra, je pense, vous en faire une description.

— Y avait-il des risques pour maître Voleau ? Pour sa santé, je veux dire.

— Quasiment aucun. D'abord parce qu'on a rebranché tout de suite. Mais même si on ne s'en était rendu compte que beaucoup plus tard, son état de santé aujourd'hui s'étant bien amélioré, il ne se serait sans doute rien passé.

Quelques minutes plus tard, Sébastien Boré put poser quelques questions à l'infirmière, qui lui décrit un homme plutôt jeune et grand, vêtu d'une blouse blanche comme les soignants. En tout cas avec un beau poing dont elle fit les frais.

Ça n'était plus le moment de poser quelques questions au notaire encore tout ému de ce qui venait de se produire. Ce serait remis au lendemain. L'heure était à une enquête au sein de l'hôpital. Une patrouille appelée en renfort put interroger toute personne s'apprêtant à sortir pour tenter d'en savoir plus sur le fuyard.

Plusieurs d'entre elles qui patientaient dans le hall avec leur ticket de passage en attendant leur rendez-vous décrivirent le passage tel un éclair d'un homme jeune, grand et sportif, mais aucun ne parla de blouse blanche. Et pour cause. Il en fut retrouvé une quelques minutes plus tard dans un escalier de secours.

« Non, pas lui » se dit Alexandre Roullin en son for intérieur. Les trois policiers foncèrent rue de Parisse à la Chaume chez Éric Capitaine.

En leur ouvrant la porte, Martine Logeon vit bien que quelque chose d'anormal se passait, sentant chez eux une forme d'énervement. Le commissaire n'attendit pas qu'on lui en donne l'autorisation.

— Il est où ? lança t-il en écartant la compagne avec son bras.

Elle n'eut pas le temps d'expliquer son absence qu'il avait à nouveau reformulé la question. Éric Capitaine n'était effectivement pas dans la maison.

— Il est parti quand ? poursuivi Alexandre Roullin.

— Je ne sais pas moi. Environ quinze ou vingt minutes. Pas plus.

— Vous êtes sûre ? Parce que c'est important. Et pour lui, et pour vous.

— Oui, je suis sûre.

— Il est parti faire quoi ?

— Il doit déposer un pli à la Poste. Ensuite, il a quelques courses à faire aux Sables. Mais je ne sais pas lesquelles. Je me doute un peu. C'est mon anniversaire aujourd'hui. On devait faire un petit quelque chose ce soir à la maison. Tu es mon invitée, mais chez toi, qu'il m'a dit en plaisantant.

— C'est bon, on va vérifier.

Quelques minutes plus tard, l'employé de la Poste confirma qu'effectivement un homme correspondant au signalement d'Éric Capitaine venait de passer un quart d'heure plus tôt pour faire peser une lettre.

— Tenez, la voilà. Elle est encore dans la corbeille du courrier au départ. Elle va partir pour la Réunion.

— Cilaos ? demanda Roullin.

— Oui, c'est ça !

— Quel nom ?

— C'est que je n'ai pas le droit.

— Ne dites rien. Je vais regarder moi-même.

Le destinataire était le docteur Poirson. Interrogé par la suite, Philippe Thibaudeau, le passeur, confirma lui-aussi avoir vu Éric Capitaine se rendant aux Sables.

— Habillé comment ? voulut savoir le commissaire.

— De mémoire, jean noir, pull de même couleur et gros blouson vert.

Absolument pas la description qu'avaient faite les personnes interrogées à l'hôpital qui avaient toutes vu un jean bleu, une grosse chemise de bûcheron à carreaux et un blouson de cuir marron. Un peu comme si la piste Éric Capitaine s'éteignait pour cette agression.

— Il est suffisamment intelligent pour ne pas aller se remettre dans les ennuis alors qu'il est toujours sous contrôle judiciaire, lança Alexandre Roullin à son équipe.

Avant de repartir, le policier demanda un petit service à Philippe Thibaudeau.

— Si vous le revoyez passer, dites-lui qu'il m'appelle.

La commission fut rapidement faite. À 17 h 50, Éric Capitaine remonta à bord du passeur afin de rejoindre la Chaume. Philippe Thibaudeau lui parla pour la toute première fois.

— Le commissaire vous cherchait tout à l'heure et est venu m'interroger. Je lui ai confirmé que vous aviez bien pris la navette. Il m'a demandé de vous transmettre un message. Vous devez l'appeler à son bureau. C'est urgent.

— Merci, répondit laconiquement Éric Capitaine avant de poursuivre son chemin.

À peine le pied posé sur le quai, il composa le numéro du commissariat. Alexandre Roullin prit la communication.

— Où étiez-vous en tout début d'après-midi aujourd'hui.

— Chez moi. Je faisais une sieste. J'ai travaillé de deux heures ce matin jusqu'à onze heures. À l'approche des fêtes, on a plein de boulot.

— À part votre compagne, quelqu'un peut le confirmer ?

— Non.

— Vous regardez la télé quand vous vous endormez ?

— Non plus. Quand je suis fatigué, je dors, c'est tout.

Le commissaire devait donc le croire sur parole. Et il inclinait dans ce sens. Éric Capitaine était vraisemblablement en train de dormir à l'heure où maître Voleau se faisait agresser au centre hospitalier. Et à nouveau ces questions : qui et pourquoi ?

Mobilisées tout l'après-midi et la soirée, les patrouilles n'avaient trouvé aucune trace d'un invidu correspondant au signalement donné. Les conducteurs des quatre lignes des transports urbains qui passent par le pôle santé furent interrogés. RAS… ou presque. L'un d'eux opérant sur la ligne B eut un doute. Mais il n'y avait pas de photo, juste une description. Alors, un homme en jean bleu avec un blouson de cuir marron, l'indice était léger. Mais la ligne B était celle qui se dirigeait vers la Chaume. Et il y avait donc lieu de ne pas négliger ce témoignage.

Alexandre Roullin ne s'avouait jamais vaincu et n'était pas du genre à lâcher une proie. Alors qu'en ce mois de décembre, la ville des Sables s'éteignait doucement sur les coups de 19 heures, il embaucha le brigadier Boré, dont les journées étaient devenues interminables depuis quelques semaines, afin d'aller faire un petit tour dans les bistrots encore ouverts dans la ville. Première étape : le remblai. On ne sait jamais. Seuls deux établissements servaient encore les clients. À l'heure de l'apéro, la quasi-totalité des tables étaient occupées. Un coup d'œil rapide à l'intérieur des salles, quelques questions posées aux serveurs : chou blanc !

De l'autre côté, sur le port de pêche, quelques retardataires sortaient également des rares bars encore ouverts. Quelques questions posées ici et là n'obtinrent pas plus de réponses.

Restait la Chaume. *L'Étoile de Mer* et le *Bar du Pont* étaient bondés. Peut-être que… Bien connu dans le quartier, Sébastien Boré rencontra nombre de ses connaissances. Et pas une ne put fournir la moindre information. Personne n'avait vu un individu portant une chemise de bûcheron sous un blouson en cuir marron.

Au *Bar du Pont*, le brigadier et le commissaire s'offrirent une pause.

— Allez ! Deux bières.

— Vous permettez ?

Albert Durandeau, le vieux marin-pêcheur, avait fait son entrée sans que personne n'y fasse attention. Avant même que les deux policiers l'y autorisent, il s'était installé à leur table. Commandant un petit blanc. Sébastien Boré fit les présentations, bien qu'il connaisse finalement assez peu Durandeau.

— Il se dit que vous cherchez des informations sur un individu qui porte une chemise de bûcheron et un blouson de cuir marron ?

— Je vois que Radio la Chaume fonctionne à merveille. Et si vous me présentez l'affaire comme ça, je suppose que vous en avez.

— Pas impossible. Mais faut voir.

— Il n'y a rien à voir. On ne fonctionne pas comme ça. Pas de contrepartie. Je peux à la rigueur vous payer quelques verres de blanc, mais rien de plus.

— Ça me va. Bon, cet après-midi, vers 16 h, j'ai vu un gars qui descendait du bus. Là, à l'arrêt juste devant nous. Je me suis dit, ce gars-là, je le connais. Je l'ai déjà vu quelque part. Je ne connais pas son nom. Je l'ai juste croisé dans le quartier. Sur le quai, au supermarché, à la boulangerie. Je pense qu'il habite dans le coin. Et il était habillé comme vous le dites. Je l'ai remarqué car il semblait se méfier de tout ce qui l'entourait. Je pense qu'il est parti vers la tour d'Arundel. Mais je n'en sais pas plus. Donnez-moi votre numéro de téléphone. Si je le revois, je vous ferai signe.

Alexandre Roullin paya quelques verres d'avance et les deux policiers s'éclipsèrent. C'en était assez pour ce soir.

– XXIV –

Les Sables, 25 avril 1975

Maître Voleau était donc passé à côté de l'affaire. Quelque informateur lui avait expliqué les conditions dans lesquelles le promoteur Chagnée et Rambert venaient de contracter la vente. Le notaire en était vert de rage. Mais plutôt que de dénoncer son confrère de La Roche-sur-Yon qui avait « arrangé » les signatures, il tenta le coup de bluff.

— Allo, Chagnée ? C'est Voleau. Je tenais à vous adresser mes félicitations pour ce beau coup.

À l'autre bout, le promoteur ne doutait pas un instant de l'insincérité de son interlocuteur.

— Je ne vais pas aller jusqu'à vous remercier. Faisons fi de ces convenances.

— Surtout, cher ami, que je sais dans quelles conditions vous l'avez emporté et que, si cela s'ébruitait, ça ne pourrait que causer des ennuis à mon confrère.

— Vous faites du chantage, Voleau ?

— Bien sûr que non. Mais la vente au prix du terrain agricole avec, pour compensation, deux appartements, cela n'est pas très légal. Surtout que, m'a t-on dit, vous vous arrangez pour que Rambert n'en soit pas vraiment propriétaire. Juste usufruitier.

— Et que voulez-vous au juste ?

— Je veux cinq des quinze hectares. Je suis prêt à vous les acheter un peu plus cher que les dix mille que vous avez payés.

— Pour en faire quoi ?

— Comme vous. De l'immobilier. Mais je suis disposé à raccrocher votre projet. Ce serait moche qu'il y ait des immeubles d'architecture très différente si près les uns des autres. Il y a moyen de s'arranger sans que personne n'y voit goutte.

— Et si je refuse ?

— Ça ferait du bruit aux Sables et je ne suis pas sûr que votre carnet d'adresses et votre réseau vous soutiendraient bien longtemps.

— On peut se rencontrer ?

— En terrain neutre.

— Midi, à l'horloge du remblai. On va profiter du beau temps.

La scène était pour le moins inédite. Heureusement que, à cette heure, les passants étaient peu nombreux. Voir ainsi se rencontrer deux figures sablaises venant à un rendez-vous qu'on aurait pu croire illégitime. Bien que, chemin faisant, l'un et l'autre des protagonistes aient salué quelques connaissances, pas une n'aurait pu se douter que, au pied de cette horloge, allait peut-être se négocier un acte qui pourrait changer les contours d'une partie de la ville. Les deux s'étant parlé le matin même, il n'y eut pas de bonjour et encore moins d'échange de poignée de main. On était là pour parler gros sous. Une mamie vint s'asseoir sur un des bancs qui entourent l'horloge. Ils s'éloignèrent de quelques pas.

— Bon, si j'ai bien compris notre échange de ce matin, vous voulez un tiers des terrains et y construire vous aussi une résidence. Vous voulez le beurre, l'argent du beurre et le sourire de la crémière. C'est hors de question. Je suis prêt à vous céder trois hectares. Pas un de plus.

Maître Voleau sortit de sa poche une carte de l'ensemble de la zone qu'il déplia et posa sur le mur du remblai.

— Si ce sont trois hectares très proches du bassin, pourquoi pas ! Mais à cette condition seulement. Que ces terrains aient les pieds dans l'eau. S'ils sont plus loin, ce sera cinq.

— Proches du bassin, ça n'est pas envisageable non plus. Faites voir votre carte.

Pierre Chagnée montra au notaire une zone à l'arrière du port.

— Je vous propose cette parcelle. On va la faire mesurer exactement, mais je pense qu'on doit être pas loin de quatre hectares. C'est ma dernière proposition.

Le notaire réfléchit quelques secondes et donna son accord de principe. Le promoteur avait encore une question à poser.

— Et pour la résidence ?

— Je m'occupe de ma partie. Je vous ai juste dit qu'on pouvait envisager une unité architecturale entre votre partie et la mienne. Encore un détail. Vous êtes spécialisé dans l'immobilier basse et moyenne gamme. Moi, je ferai une résidence haut de gamme.

Décontenancé par tant d'assurance, le promoteur ne sut quoi répondre sur ce dernier point. « Affaire conclue » dit-il à son interlocuteur. Les deux hommes se serrèrent – enfin – la main pour sceller le pacte. L'horloge marquait 12 h 15. La négociation avait duré un quart d'heure.

– XXV –

Vendredi 14 décembre 2018

Du soir et du matin. Albert Durandeau était à pied d'œuvre sur le quai dès le soleil levé. Il avait promis au commissaire qu'il pourrait lui fournir des informations sur l'homme à la chemise de bûcheron et au blouson de cuir marron et avait bien l'intention de se transformer en détective, bien que son âge ne lui permette plus de filocher les suspects en courant.

La veille, il avait vu l'homme se diriger vers la tour d'Arundel et comptait bien mettre sa promenade matinale à profit pour faire le tour de ce quartier. D'un pas hasardeux, il se dirigeait vers l'édifice symbolique de la Chaume. Arrivé au niveau de la place Maraud, son regard fut attiré par deux personnes attendant à l'arrêt de bus Arundel. Il n'avait plus sa chemise de bûcheron mais un pull-over en laine ; plus son blouson en cuir marron mais une veste de pluie. Il était accompagné d'une jeune femme. Pas de doute, c'était bien lui. À cet instant, le bus arriva. Les deux montèrent. Le véhicule s'éloigna. Albert Durandeau prit son téléphone portable.

— Allo, commissaire ? Il est dans le bus B qui vient de partir à l'instant. Il est accompagné d'une jeune femme.

Un appel radio fut lancé afin que les patrouilles arrêtent les bus de cette ligne. Dix minutes plus tard, l'un d'eux fut intercepté à l'hôtel de ville. Trop tard. Le conducteur confirma la présence des deux personnes. Descendues à l'arrêt précédent : la poste. Les policiers y filèrent. Ils n'étaient pas là. Ni à l'intérieur, ni aux alentours.

À l'hôpital, maître Voleau avait retrouvé sa sérénité. Mais reconnaissait rétrospectivement s'être fait une belle frayeur. C'est ce qu'il confia à son fils venu le chercher.

— Il va falloir qu'on se parle, annonça t-il à son successeur. Il y des choses que tu dois maintenant savoir pour la bonne conduite de tes affaires. J'aurai aussi des documents à te donner. Tu m'as parlé l'autre jour de ce fameux dossier que tu as trouvé dans mes affaires. Je ne t'en veux pas d'avoir cherché. C'est aussi bien ainsi.

La police fut informée de son départ. Le commissaire proposa même qu'on l'accompagne à son domicile par mesure de sécurité, mais entendait aussi lui poser quelques questions, après l'agression dont il avait été victime la veille.

— Y a t-il une raison qui puisse justifier qu'on s'en prenne si ouvertement à vous ? fut sa première question.

— Sans doute encore cette affaire, répliqua l'ancien homme de loi.

— Vous voulez parler de 1978, c'est bien cela ?

— C'est surtout ces ossements sortis de nulle part qui rebrassent tout ça.

— Sortis de nulle part… Pas du tout, maître. Sortis d'une sépulture du cimetière ancien où ils séjournaient depuis quarante ans. Ça n'est pas la même chose.

— Mais qui a intérêt à les ressortir ?

— Ça n'est pas la question principale. C'est qui les a mis là-bas et surtout qui a tué Chagnée et Poirson un après-midi de septembre 1978.

Maître Voleau savait que, contre son gré, il devenait un des personnages clés de l'affaire.

— Je voudrais vous demander une faveur. J'ai dis à mon fils que j'avais des documents personnels à lui transmettre à propos de ce qui s'est passé à cette époque. Je vais le faire dans la soirée. Ensuite, je suis prêt à collaborer avec vous. Maintenant, je suis fatigué. J'ai besoin de repos.

Alexandre Roullin accepta. Les deux policiers se retirèrent. À peine sorti, le commissaire fit une demande de géolocalisation sur le portable du notaire pour vérifier qu'il resterait bien à son domicile. Un relevé des appels entrants et sortants de sa ligne fixe serait également fait.

À peine monté dans sa voiture, Alexandre Roullin entendit son téléphone sonner. C'était le brigadier Sébastien Boré qui lui demandait de venir sur le champ au commissariat. Arrivé cinq minutes plus tard, il y découvrit Martine Logeon effondrée et en pleurs.

— Éric n'est pas rentré cette nuit. Je ne l'ai pas vu depuis hier après-midi. En fait, il n'est pas rentré de ville après que vous êtes passés à la maison pour lui parler. Ça n'est pas normal. On devait fêter mon anniversaire. Et tout à l'heure, j'ai été prévenue par la criée qu'il n'avait pas pris son service à 3 heures ce matin et qu'ils ne l'avaient pas vus par la suite. Je suis très inquiète.

— Je vous comprends. Et je le suis tout autant que vous, car Éric Capitaine m'a appelé hier en fin d'après-midi. Et après avoir pris le passeur, ce qui veut dire qu'il le faisait vraisemblablement depuis la Chaume.

Le commissaire regarda le journal de son smartphone. L'appel avait été passé à 18 h 03 exactement. Il recomposa aussitôt le numéro. Entendit tout de suite la messagerie. Le téléphone d'Éric Capitaine était éteint.

Comme tous les midis avant le déjeuner, madame Boleteau promenait son chien sur le chemin blanc qui longe le marais, parallèle à la rue Joseph-Benatier à la Chaume. Le labrador courait sur cet itinéraire peu fréquenté en plein hiver. Cent mètres après être passé à côté du gymnase des Saulniers, le chien marqua l'arrêt puis rentra dans l'eau au grand dam de sa maîtresse. C'est en s'approchant pour le faire remonter qu'elle poussa un cri. L'animal avait cramponné avec sa gueule une chaussure qu'il n'arrivait pas à ramener avec lui. Il réussit à la tirer suffisamment pour qu'on aperçoive une jambe qui allait avec.

Des employés de la ville qui travaillaient sur le parking du complexe sportif accoururent, faisant le même constat. Au commissariat, Alexandre Roullin tentait toujours de rassurer Martine Logeon. Le chef de poste vint le chercher discrètement. L'appel venait d'arriver au 17. Un corps immergé venait d'être découvert par une promeneuse dans le marais. On accédait à l'endroit par l'impasse des Saulniers. Les employés communaux avaient pris en charge madame Boleteau… et le chien qu'ils avaient eu bien du mal à faire remonter dans le chemin.

C'est un défilé de voitures toutes sirènes hurlantes qui arriva sur place très peu de temps après. Martine Logeon s'était retrouvée « plantée » dans le hall du commissariat. Tout juste le commissaire eut-il le temps de lui dire de rentrer chez elle, que l'affaire était prise très au sérieux et que des recherches étaient aussitôt entreprises.

Les sauveteurs nautiques des pompiers arrivèrent en même temps que les policiers, mais attendirent leur signal pour se mettre à l'eau afin de ne pas perturber la scène de crime.

Les trois hommes remontèrent un corps au bout de quelques secondes. Alexandre Roullin était persuadé qu'il pourrait s'agir de celui d'Éric Capitaine. La concordance de lieu et la concomitance des faits avec sa disparition plaidait en ce sens.

Lorsqu'ils virent le corps posé sur la civière que remontaient les pompiers, tant le commissaire que « l'inspecteur » Barteau et le brigadier Sébastien Boré poussèrent un « oh ! » collectif d'étonnement qui, en une fraction de seconde, fit tomber leur plan lui aussi à l'eau. Ça n'était pas Éric Capitaine. Et on en était même très loin. L'homme ne présentait pas de traces de coups ni aucune blessure apparente. Il ne portait pas de vêtements d'extérieur, ce qui, en ce mois de décembre, pouvait laisser supposer qu'il avait été tué à l'intérieur.

— Ben ça alors ! s'exclama Barteau, nous voilà dans une belle merde.

— Une merde, je ne sais pas. Mais pour une surprise, c'est une surprise ! renchérit le commissaire.

— Je confirme, conclut le brigadier Boré.

L'homme qui venait d'être remonté était un Chaumois bien connu. Il avait un nom, pas de prénom. Disons qu'on l'appelait tout simplement « le père Rambert ».

Une fois encore, Radio La Chaume avait fonctionné. À l'heure du repas de midi. Dans les bistrots, on ne parlait déjà plus que de ça. Les employés communaux présents sur les lieux s'étaient chargés de répandre la nouvelle. Et puis, du quai, on avait bien entendu toutes ces sirènes de police.

Au *Bar du Pont*, Albert Durandeau en était encore à finir les blancs d'avance payés la veille au soir par le commissaire. Il faut dire qu'il avait été généreux avec l'ancien marin-pêcheur, sentant en lui un collaborateur efficace et à moindre coût.

— Alors comme ça, on a trouvé un macchabée dans le marais.

Il s'adressait à la collectivité et surtout à qui voulait l'entendre. Et pas grand monde ne levait le nez de sa table pour l'écouter.

Soudain, le cortège de voitures de police déboucha à l'angle de la terrasse du bar pour s'engager dans la rue du Lieutenant-Maurice-Anger.

— Nom de Dieu ! s'écria Albert Durandeau, on dirait que ça se passe dans le quartier. Ils ont dû serrer celui qu'ils recherchent depuis hier.

La rue fut bloquée par des patrouilles de police. Le commissaire Roullin, le capitaine Barteau et le brigadier Boré ouvrirent la porte de la petite maison avec la clé retrouvée dans les poches du mort. À l'intérieur, régnait un incroyable capharnaüm. Les policiers, qui étaient venus quelques heures plut tôt rendre visite au père Rambert, avaient gardé l'image d'une maison plutôt rangée. Ils interrompirent leurs investigations aussitôt pour faire intervenir la scientifique. Vêtu de surchaussures, le commissaire fit quand même un petit tour dans la maison pour vérifier que toutes les fenêtres étaient bien fermées. C'était bien le cas. Le ou les intrus étaient passés par la porte, qu'ils avaient refermée précautionneusement.

En bordure du marais, le corps avait été placé dans une housse noire. Prévenu, le procureur des Sables avait ordonné son transfert immédiat à l'institut médico-légal de Nantes, où une autopsie devait être pratiquée l'après-midi même. Dans la soirée, le premier rapport arrivait : décès à cause de difficultés respiratoires liées à une fracture du larynx.

Résultat d'un geste violent. Le père Rambert avait été pris au cou. Il n'est donc pas mort noyé. Le décès remontait à la nuit précédente. Plutôt dans la tranche 21 heures-minuit.

Le commissaire n'avait pas attendu ces premiers éléments médico-légaux pour entamer une enquête de voisinage. Qu'avait-on entendu ? Avait-on vu quelque chose ? Bien que la Chaume soit un quartier qui s'éveillât tôt avec les travailleurs de la pêche, personne n'avait rien remarqué.

Albert Durandeau avait quitté son poste d'observation au *Bar du Pont* pour pointer son nez dans la rue. Et constater où se faisait tout ce déploiement de police. Deux gardiens étaient en faction.

Sitôt vu, il retourna à son point de départ pour annoncer la nouvelle.

— Y'a du grabuge chez le père Rambert. Je me demande si ce serait pas lui qui… d'autant qu'on ne l'a pas vu ce matin aller faire ses courses.

Les clients, du coup, se précipitèrent autour de lui pour l'écouter. L'affaire devenait sérieuse.

— Qu'est ce qui te fait dire ça ? lui demanda l'un.

— Ils ont tout bouclé. Et puis j'ai aperçu le commissaire et son adjoint. Je te dis qu'ils étaient chez Rambert. Ils ont mis du ruban partout devant pour empêcher d'approcher et, de toute façon, leurs voitures bloquent la circulation.

— Mais ça ne dit pas que c'est lui le mort qu'ils auraient trouvé dans le marais.

— Reconnais quand même que c'est une drôle de coïncidence.

Philippe Thibaudeau, le passeur, profitant de sa journée de repos, était passé voir ses copains au bar.

— Tiens, lui, il doit bien savoir, c'est le copain du brigadier, s'esclaffa alors Albert Durandeau le voyant rentrer dans le bar.

— Savoir quoi ? le reprit Thibaudeau.

— Ce qu'il se passe chez le père Rambert. Si c'est lui le mort qui a été retrouvé ce matin dans le marais.

Le « copain du brigadier », comme l'avait décrit Durandeau, tombait des nues. Non seulement il ne savait pas qu'on avait retrouvé un corps dans le marais, mais pas non plus qu'il y avait la moitié du commissariat chez l'octogénaire.

— Je sors tout juste de chez moi et je ne sais rien.

Les policiers avaient aussi deux autres fers au feu : la disparition signalée d'Éric Capitaine et la recherche de l'agresseur supposé de maître Voleau au centre hospitalier. Et en ce vendredi, à la mi-journée, ça ne bougeait pas.

Philippe Thibaudeau se fendit d'un SMS envoyé au brigadier Boré : « Dis donc, y'en a qui s'inquiètent de l'identité du mort ». La réponse tint en cinq mots : « Il va rejoindre son Augustine ». Le passeur comprit tout de suite qu'il s'agissait bien du père Rambert, mais garda l'information pour lui. Pas question de gêner la police dans son enquête.

Martine Logeon était rentrée chez elle depuis plusieurs heures et y était restée enfermée. Donc les sirènes de la police, elle ne les avait pas entendues. Son portable sonna. Éric Capitaine s'afficha sur l'écran. Elle décrocha et ne prit pas le temps qu'on lui parle.

— T'es où, bordel ?

— Il n'est pas là.

Elle ne reconnut pas la voix comme étant celle d'Éric.

— Mais qui êtes-vous ?

— T'inquiète, miss. Il va bien. Enfin du mieux qu'il puisse aller après ce qu'il lui est arrivé.

— Dites-moi où il est. On le cherche depuis hier soir.

— Justement, c'est le on qui nous dérange. On sait que t'as mis les keufs dans le coup. T'aurais pas dû.

— Mais il n'a rien fait de mal…

— … Que tu penses. Tu sais pourquoi il est venu, ton Éric ?

— Pour bosser ici. C'est tout. Chez lui, à la Réunion, il n'y a pas de travail.

— Mais pas que. Tu vas faire exactement ce qu'on te dit. Et pas un mots aux flics. On se rappelle ce soir à 19 h précises. Et là, on te donnera les consignes.

Le téléphone à peine raccroché, on sonna à la porte. Le commissaire Roullin et Sébastien Boré venaient aux nouvelles.

— Toujours rien, répondit Martine Logeon aux deux hommes. Mais la couleur de son visage ne trompa personne.

— Certain ? Je vous sens pourtant moins inquiète que ce matin.

Le vibreur du téléphone du commissaire annonça un SMS. « Le tph de Capitaine vient de borner sur Château-d'Olonne. Localisation précise impossible cause appel trop court ». Alexandre Roullin mit le message sous les yeux de Martine Logeon qui craqua.

— Quelqu'un vient de m'appeler avec. Mais ce n'était pas Éric. Une voix que je ne connaissais pas.

— Appel trop court, ça signifie qu'ils vont vous rappeler ?

— Ce soir, 19 heures. Mais il m'a dit que je ne devais pas vous en parler.

— Mais vous ne l'avez pas fait non plus, rassurez-vous. Ce soir, à 18 h 30, on va venir vous chercher avec une voiture banalisée. On passera par le jardin. Vous laisserez les lumières allumées à l'intérieur de la maison.

Martine Logeon était prête à l'heure prévue. Deux policiers en civil l'emmenèrent au commissariat. À 19 heures précises, le téléphone sonna. Il n'y eut pas de formule de politesse.

— Tu vas aller chercher son passeport. Il dit qu'il est dans un tiroir dans le salon.

— C'est que, je ne suis pas chez moi.

— Alors comme ça, tu laisses la lumière allumée quand tu t'en vas ?

L'interlocuteur raccrocha.

— Et merde ! hurla Alexandre Roullin. On vient de se faire avoir comme de la bleusaille. Il est devant chez elle. Peut-être qu'Éric est avec lui.

Sébastien Boré entra à cet instant.

— Patron, le téléphone vient de borner sur le même relais au Château.

— Mais qu'est-ce que ça veut dire ?

— Peut-être qu'il y a quelqu'un à lui devant chez Martine qui l'informe en direct.

Alexandre Roullin prit une décision radicale.

— On vous reconduit chez vous. On vous laisse à deux cents mètres, vous rentrez par la porte de devant. Nous, on passe par celle de l'arrière et on vous tient compagnie.

Sitôt dit, sitôt fait. Dix minutes après leur arrivée, on appela de nouveau depuis le portable d'Éric Capitaine.

— J'ai eu peur que tu sois passée chez les flics. Tu es rentrée chez toi ?

— Bien sûr et apparemment vous le savez.

— T'inquiètes pas pour ça. Bon, et le passeport ?

— Attendez, je regarde… Ah ! Il est bien dans le tiroir. Qu'est-ce que j'en fais ?

— Tu le remets à sa place. C'était juste pour vérifier tout à l'heure que tu étais bien chez toi. Et tu n'y étais pas. Tu étais où, au fait ?

— Au supermarché, faire quelques courses.

— À d'autres. Tu es rentrée sans sac de courses. Alors je répète, tu étais où ?

— Je ne peux pas vous dire, vous comprenez. S'il savait ça !

— Je comprends. Maintenant, c'est notre monnaie d'échange.

La plus grande longueur de l'échange avait permis aux policiers de localiser plus précisément l'appel. Le signe aussi que l'interlocuteur se sentait maintenant plus en sécurité avec Martine Logeon. « Quartier Saint-Jean-d'Orbestier » écrivit Sébastien Boré dans son SMS au commissaire.

Éric Capitaine et son ravisseur – d'ailleurs était-ce son ravisseur, on ne le savait pas – était proche de cette ancienne abbaye dans la campagne du Château-d'Olonne. Peut-être le guetteur installé devant la maison de Martine allait y conduire les enquêteurs. Le piège se referma effectivement doucement quand deux policiers virent une jeune femme qui attendait sur le trottoir juste en face monter dans une voiture. Une DS3 qui prit la direction des Sables, emprunta le remblai sur toute sa longueur, continuant bien après Tanchet et tournant à gauche au niveau de l'Anse aux Moines. À aucun moment, elle n'avait repéré les policiers.

Impossible cependant d'aller plus loin sans se faire remarquer. La rue était étroite et la circulation inexistante. Trop compliqué. Les deux policiers virent la DS3 s'engouffrer dans une belle propriété cachée derrière un portail électrique en fer forgé.

— Patron, on l'a logée, annoncèrent-ils. Qu'est-ce qu'on fait maintenant ?

— On laisse tomber pour ce soir. Vous rentrez tous chez vous. Demain, on s'en occupe. Samedi ou pas.

Dans la grande maison de la place du Commandant-Guilbaud, père et fils Voleau étaient réunis, l'ancien notaire estimant nécessaire de tout dire maintenant à son successeur de fils. Les deux hommes se retrouvèrent dans le bureau privé. Le fameux dossier 75OL trônait au milieu de la pièce.

— Voilà, mon fils. Il est temps que je t'explique tout. Dans le détail. Au soir de ma vie et alors que ma santé devient chancelante, tu dois savoir ce qu'il s'est passé il y a un peu plus de quarante ans, au moment de la création de ce port. Tu sais, on était en pleine expansion immobilière. Ça n'excuse pas tout, mais on était dans un tel tourbillon ! On était clairement hors-la-loi. Finalement, il en a toujours été ainsi.

Père et fils restèrent ainsi dans le bureau jusqu'à une heure avancée du soir. Alexandre Roullin dut, lui, annoncer à sa compagne qui arrivait par un TGV pour passer ce week-end aux Sables qu'il ne serait pas disponible comme prévu.

– XXVI –

Samedi 15 décembre 2018

Le commissaire avait réquisitionné le brigadier Sébastien Boré pour se rendre à Saint-Jean-d'Orbestier. Ils laissèrent la voiture près de l'Anse aux Moines et s'engagèrent à pied dans la rue. À neuf heures du matin, le jour se levait à peine.

— C'est là, lança Alexandre Roullin à son collègue. Il y a des caméras de surveillance, mettons-nous dans les angles morts.

La maison semblait très protégée, ce qui était pour le moins étonnant. La boîte aux lettres n'affichait que le nom d'une société civile immobilière, la « SCI d'Orbestier ». Qui habitait dans cette maison ? Ils virent soudainement le feu clignotant du portail annoncer son ouverture. Quelques instants plus tard, la DS3 fit sa sortie.

— Je la connais. De vue. Mais je ne mets pas un nom sur ce visage.

La conductrice n'était donc pas une inconnue pour Sébastien Boré qui fit tourner son propre logiciel de reconnaissance faciale.

— Ça va me revenir, poursuivit-il.

— C'est donc ici que pourrait être Éric Capitaine, poursuivit le commissaire.

Le portail s'ouvrit de nouveau. Au volant d'une BMW série 1, le conducteur sortit rapidement et la propulsion fit même déraper la voiture sur le gravillon de la route.

— Vous avez vu comme moi, commissaire ?

— Je crois que oui !

Ce qu'ils avaient vu, c'était un homme vêtu d'une chemise de bûcheron et d'un blouson de cuir marron. Sur le chemin du retour au commissariat, Sébastien Boré ne cessait de penser au visage de cette femme, essayant de se remémorer les lieux où il aurait pu la croiser.

En arrivant devant l'abbaye Sainte-Croix, Alexandre Roullin aperçut sa voiture. En ce samedi matin, la circulation était très fluide.

— Suis-la, ordonna le commissaire au brigadier qui conduisait la voiture. Je veux savoir où elle va.

Ils prirent la direction du centre-ville. La DS3 entra dans le parking des halles. Impossible pour les policiers de suivre, de crainte de se faire remarquer. Alexandre Roullin sauta de la voiture. Étant récemment arrivé aux Sables, cette femme ne le connaissait vraisemblablement pas. Rapidement, il remarqua où était garé le véhicule. Il eut le temps d'apercevoir sa « cible » qui, panier à la main, se dirigeait vers les halles.

Primeurs, poisson, viande : la jeune femme faisait un gros ravitaillement. Sébastien Boré avait rejoint le commissaire.

— Alors, son nom ne vous revient toujours pas à l'esprit ?

— Non commissaire. Mais je ne vais pas tarder à le savoir. Le boucher chez qui elle vient de passer est un copain.

D'un petit signe, il l'interpella. Lui susurra la question à l'oreille. Le brigadier lui tapa sur l'épaule en guise de remerciement et entraîna Alexandre Roullin à l'écart. Il connaissait effectivement cette femme. Arrivé à la voiture, il lâcha le nom.

— Commissaire, vous n'allez pas en croire vos oreilles. Cette femme est l'épouse de maître Voleau, le fils.

Pendant ce temps, le capitaine Joël Barteau était retourné chez le père Rambert à la Chaume. Les relevés scientifiques avaient été effectués dans l'après-midi de la veille. On pouvait donc de nouveau y entrer. Dans ces pièces, devait certainement se trouver ce qui avait pu motiver qu'on veuille le faire disparaître.

Accompagné d'un enquêteur, « l'inspecteur » fouilla les armoires sans rien trouver. La valise toujours cachée sous le lit fut, elle aussi, passée au crible. Rien !

— Bon sang de la vie ! Je suis sûr qu'on tourne autour et qu'on est tout près. C'est pas possible autrement.

Barteau commençait à s'impatienter. Il essayait de remettre les choses dans l'ordre. Où pouvait donc se cacher ce que l'assassin du père Rambert était venu chercher et que le bonhomme avait sans doute refusé de donner. C'était sans doute ça, le mobile. Venir faire disparaître un document compromettant et l'affaire tourne mal. Restait une autre hypothèse : le meurtrier fait son œuvre et trouve les documents qu'il cherche. De toute façon, la maison était dans un tel désordre…

— Patron, je viens d'interroger le fichier pour l'immatriculation des voitures. Sébastien Boré fit son entrée dans le bureau du commissaire. La BMW appartient à une société de location. Elle a été louée le 4 novembre à l'aéroport de Roissy et pour une durée indéterminée. Quant à la DS3, sa carte grise est au nom d'une société immatriculée à la Réunion. C'est une coopérative pharmaceutique.

— Merci, Boré.

— C'est pas tout, commissaire. Je me suis renseigné sur Mme Voleau. Christine de son prénom. Née Moirant, en 1982, aux Sables-d'Olonne.

— Barteau est chez Rambert. Il pense que l'agresseur a pu le tuer puis trouver ce qu'il cherchait vraisemblablement. Il a tout regardé et rien trouvé.

— Et pour Éric Capitaine, commissaire, qu'est ce qu'on fait ? Il y a quand même cette petite phrase hier soir au téléphone. « Du mieux qu'il puisse aller après ce qu'il lui est arrivé ».

Le téléphone de Sébastien Boré sonna au même instant. Philippe Thibaudeau.

— Il paraît que tu cherches un type avec une chemise de bûcheron et un blouson de cuir marron, m'a dit le vieux Durandeau ?

— Exact.

— Il conduit une BMW ?

— Oui, Série 1.

— C'est ça. Tu devrais venir discrètement à la plage de la Paracou. Il y a quelque chose qui va t'intéresser.

— Dis-moi.

— Pas au téléphone. Appelle-moi quand tu seras là-bas. Je fais un footing dans les dunes juste à côté.

Philippe Thibaudeau avait en effet quitté son domicile de la rue Montauban puis rejoint le secteur de la Paracou. Les promeneurs étaient peu nombreux et le parking presque vide. Dès qu'il le pouvait, le passeur se lançait à travers ces chemins sablonneux pour une dizaine de kilomètres. Quelques minutes plus tard, le brigadier Sébastien Boré et le commissaire Roullin arrivaient sur place. Philippe Thibaudeau les attendaient.

— J'ai vu ton type à la chemise de bûcheron arriver avec cette voiture. Il n'était pas seul. Éric Capitaine l'accompagnait. Puis ensuite est arrivée une autre voiture. Une DS3. Les deux hommes sont montés dedans et ils sont partis.

— Tu as vu qui la conduisait ?

— Une femme, me semble t-il. Mais c'était de loin, donc je ne serai pas formel.

— Tu as sans doute raison…

Philippe Boré n'eut pas le temps de terminer sa réponse qu'une explosion retentit sur ce parking désert. La BMW partit en fumée. Stoïquement, le commissaire lança :

— Je crois que l'enquête prend une autre tournure.

Toutes les forces de l'ordre locales furent aussitôt informées qu'un avis de recherche était lancé pour retrouver cette DS3. À son bord, trois personnes présentées comme « dangereuses ». Dix minutes plus tard, la voiture força un barrage de contrôle sur la route de Talmont au Château-d'Olonne. Les policiers n'ont rien pu faire pour l'arrêter, sauf à se mettre en danger. Alexandre Roullin et Sébastien Boré foncèrent vers la maison de Saint-Jean-d'Orbestier. Pendant que le brigadier traversait la ville sirène hurlant, le commissaire téléphonait au substitut du procureur de permanence pour l'avertir de la tournure des événements et demander l'autorisation de rentrer dans la maison « sur réquisition du parquet ». Autorisation aussitôt accordée. Le policier demanda à ses troupes disponibles de se rendre là-bas, mais aussi le renfort du peloton d'intervention de la gendarmerie, plus formé à des opérations techniquement plus compliquées. Toutes les équipes se mirent en place autour de la maison. Les voitures stationnées dans un chemin à proximité, invisibles depuis la route. Alors que la nasse était prête à fonctionner, le feu orange du portail se mit à clignoter.

— À toutes les équipes. Planquez-vous, ça bouge ! hurla Alexandre Roullin dans la radio.

Le portail avait sans doute été ouvert depuis un téléphone portable. Avec un grand crissement de pneus, la DS3 fit son apparition dans le virage puis entra dans la cour de l'habitation. À peine franchi le seuil, Christine Voleau, née Moirant, au volant de la voiture vit dans son rétroviseur un cordon de policiers casqués se mettre en travers du portail. Le même spectacle s'offrit à elle cinquante mètres devant. Les trois occupants de la voiture comprirent que la fête était finie.

Alexandre Roullin était en travers du chemin. Policiers et gendarmes entouraient la DS3. Le commissaire s'approcha de la portière côté conducteur.

— Vous êtes tous les trois en état d'arrestation et placés immédiatement en garde à vue. Il est 11 h 45.

Tout ce petit monde fut embarqué au commissariat. Sébastien Boré informa par SMS son copain Philippe Thibaudeau de la suite des événements : « On vient de serrer tout le monde. Merci encore pour le tuyau. Sans toi, on y serait encore ».

À la Paracou, bien que les pompiers soient arrivés rapidement sur place, il ne restait rien de la BMW et les produits utilisés pour éteindre l'incendie avaient laissé, de toute façon, peu d'indices. Les techniciens de la police scientifique étaient cependant au travail pour dénicher le moindre indice que le feu aurait pu épargner. Pêche fructueuse. Ce qu'il restait d'un dossier papier fut récupéré dans le coffre, sous le tapis. Abîmé certes mais exploitable, placé immédiatement sous scellés. Et ramené au commissariat.

— Déballez-moi ça, s'il vous plaît, ordonna le commissaire aux techniciens.

Le dossier était certes abîmé, mais en partie lisible. Notamment la page de couverture sur laquelle on pouvait lire partiellement le mot « Étude » et une fin d'adresse : 85 La Roche-sur-Yon. Les pages suivantes étaient peu lisibles, mais au bas de chacune d'elles figuraient des paraphes : ER et NC. Plus loin, d'autres éléments ne pouvaient laisser planer aucun doute. Il s'agissait bien d'un acte de vente. Celui des terrains de Rambert vendus à Chagnée. Aussitôt, samedi ou pas, le commissaire fit aller chercher les Voleau, père et fils.

— Qu'on me les ramène menottés s'il le faut, dit-il à Sébastien Boré et à la patrouille qui l'accompagnait. Et surtout, en rentrant, rivalisez d'imagination pour qu'ils ne voient pas les trois interpellés du matin.

Trente minutes plus tard, les deux notaires étaient dans le bureau d'Alexandre Roullin qui remit ses gants de protection pour tourner les pages.

— Vous connaissez ce document, messieurs ?

Sans toucher, Me Voleau père le scruta. Le commissaire tournait précautionneusement les pages. Certaines étaient d'ailleurs entièrement noircies, inexploitables. Le document en contenait une trentaine. L'ex-notaire rendit son verdict.

— Oui, c'est un acte de vente. Je confirme.

— Apparemment pas n'importe lequel, si on lit de près. Il me semble deviner facilement qu'il s'agit de vente de terrains dans le marais. Et vous, Me Voleau, fils.

— Je confirme aussi que ça doit être un acte de vente. Vous avez raison, commissaire. Sans doute la zone du marais.

— Et visiblement un acte portant l'estampille d'un notaire de La Roche-sur-Yon, si on en croit la couverture.

Ce que le commissaire avait jusque-là caché à ses deux interlocuteurs. Ils échangèrent un regard interrogatif.

— Oui messieurs. Malheureusement, la date n'est pas exploitable. Du coup, vous avez peut-être une idée sur les paraphes de bas de page : ER et NC. R comme Rambert ?

— … Et E comme Ernest, poursuivit Me Voleau père.

— Et NC ?

— Nicole Chagnée !

— Vous voulez dire que …

— … Que c'est Mme Chagnée qui a acheté les terrains. Son mari n'en a jamais été propriétaire.

— Une patrouille va vous raccompagner. Il va de soi que vous restez à notre entière disposition. Merci messieurs, ce sera tout pour ce matin.

Et s'adressant à Me Voleau fils :

— Ah ! Au fait, maître, comment va votre épouse ?

— Je l'ai entendue partir ce matin de très bonne heure faire son marché mais pas vue depuis. Mais pourquoi cette question ?

— Parce que je l'ai vue, moi aussi, au marché et qu'elle me semblait très *speed*.

Les deux notaires disparurent dans l'encadrement de la porte. Les policiers allaient maintenant s'occuper des trois gardés à vue. Alexandre Roullin voulait s'occuper en personne de Christine Voleau, qu'on fit entrer dans son bureau, avec l'avocat de permanence qui avait été appelé.

— Pour un peu, vous auriez croisé votre mari dans le couloir. Il sort d'ici.

— Qu'est-il venu faire ?

— Nous avions quelques questions à lui poser, à lui et à son père. Mais c'est sans importance. Bon, reprenons par le début. Hier soir, vous étiez en planque devant le domicile de Martine Logeon à la Chaume alors qu'elle attendait un coup de fil de la personne qui, imaginait-on alors, avait pris Éric Capitaine en otage ou du moins le retenait de façon contrainte. Vrai ou faux ?

— J'étais bien à la Chaume vendredi soir. Mais pour tout autre chose.

— Ensuite, alors que le « ravisseur » de Capitaine disposait d'informations précises sur ce qui se passait chez Martine Logeon, vous partez au volant de votre DS3 et par le remblai, vous allez jusqu'à Saint-Jean-d'Orbestier où votre voiture entre dans une propriété. Vous confirmez ?

— Oui, mais de quel droit vous me suivez ?

— Nous enquêtions sur une disparition et plusieurs éléments nous laissaient penser que vous y étiez sans doute associée. Mais poursuivons. Ce matin, on voit une voiture sortir en trombe de la propriété. C'était la vôtre. Et quelques minutes plus tard, une autre, conduite par un homme correspondant au signalement d'une personne qu'on recherchait. Un peu plus tard, vous rejoignez ce conducteur sur le parking de la Paracou.

Celui-ci est accompagné d'Éric Capitaine sorti d'on ne sait où. Vous partez tous ensemble. Et là, pas de chance, quelques minutes plus tard, la voiture restée sur le parking explose.

— Comment vous savez tout ça ? répondit Christine Voleau, interloquée.

— Mais tout simplement parce qu'on était là. On a tout vu. Fin de l'interrogatoire. Je vous reverrai plus tard.

Pendant ce temps, l'homme à la chemise de bûcheron était interrogé par « l'inspecteur ».

— Je suis obligé de vous demander vos papiers d'identité, étant donné qu'on ne sait rien de vous.

— Je ne les ai pas.

— Ah ! Ils sont peut-être restés dans la voiture qui a explosé ce matin à la Paracou. Dites donc, ça tient bien moins au feu que les actes notariés.

L'homme marqua un temps d'arrêt. Ils avaient donc découvert le document sous le tapis de coffre. Il allait falloir changer de stratégie.

— Bon, je n'ai pas de papiers sur moi, mais je m'appelle… François Chagnée.

— … comme…

— … comme Pierre Chagnée. C'était mon grand-père. Je suis le fils de son aîné, Pierre-Marie.

— Vous habitez aux Sables ?

— Je vis et travaille au Canada depuis dix ans.

— Et vous êtes en France depuis le 4 novembre.

— Comment vous le savez ?

— Parce que la voiture que vous utilisez… pardon, que vous utilisiez, a été louée à Roissy à cette date. Mais bon, poursuivons. Donc hier soir, vous étiez dans la maison de Saint-Jean-d'Orbestier de laquelle vous êtes sorti ce matin. Est-ce qu'Éric Capitaine était avec vous ?

— Oui.

— C'est quoi cette histoire d'échanges avec Martine Logeon avec le téléphone d'Éric, cette histoire de planque de Christine Voleau, et cette phrase « Il va du mieux qu'il peut après ce qu'il lui est arrivé » ?

— À ce moment-là, on peut considérer qu'on le retenait un peu de force. Jeudi soir, on l'a obligé à nous suivre et amené à la maison. On avait des choses à régler ensemble. Disons qu'il n'était pas jusqu'alors très coopératif.

— Coopératif pour quoi ?

— Parce qu'on avait un projet à mener.

— Qui on ?

— Je ne peux pas vous le dire.

« L'inspecteur » Barteau l'invita à aller réfléchir dans sa cellule. Lui aussi serait revu plus tard. Alexandre Roullin fit sortir Éric Capitaine de sa cellule, et le fit amener dans son bureau.

— Bien, monsieur Capitaine. Que de péripéties. Alors comme ça, vous vous êtes fait enlever. Juste après que je vous aie parlé l'autre soir. C'est bien ça ?

— Oui, juste après. Peut-être cinq minutes. La voiture s'est arrêtée à côté de moi. Christine Voleau et François Chagnée sont descendus, m'ont cramponné par le bras et jeté sur la banquette arrière. Et comme il n'y a que trois portes…

— Vous connaissiez Mme Voleau et Chagnée ?

— Oui, on s'est déjà rencontré.

— Vous aviez un projet à mener ?

— Qui vous a dit ça ?

Éric Capitaine répondait au flot des questions. Le commissaire ne voulait pas le lâcher. Il finirait bien par craquer. Oui, François Chagnée avait raison. Ces trois-là avaient effectivement un projet à mener.

Lequel et comment ? Alexandre Roullin voulut jouer la carte de la séduction avec le gardé à vue.

— Je vous connais un peu maintenant, Éric. Vous n'avez pas votre place dans cette affaire. Il y a quelque chose qui ne colle pas. Je vous propose de coopérer pour qu'on gagne du temps.

— Ça va être compliqué, commissaire.

— Comme vous voulez.

Il allait ensuite à nouveau « cuisiner » Mme Voleau. En mettant un peu plus la pression.

— On a juste oublié une petite formalité tout à l'heure. Celle de l'état civil.

— Pourquoi ? Vous savez très bien que je m'appelle Voleau. Christine Voleau.

— Née Moirant, en 1982, aux Sables-d'Olonne, je sais.

— Vous êtes mariée depuis quand avec Me Voleau ?

— Dix ans, en 2008.

— Vous aviez-donc 26 ans. Parlez-moi de vous.

— Vous devez bien savoir des choses sur moi, monsieur le commissaire. J'ai toujours vécu aux Sables-d'Olonne. J'ai été élevé par ma mère. Avant de me marier avec Philippe, je travaillais dans une agence immobilière. Voilà, que voulez-vous savoir de plus ?

— C'est dans le cadre de votre travail que vous avez rencontré votre futur mari ?

— On s'est croisé effectivement dans ce cadre, mais ça n'est pas là qu'on a fait réellement connaissance. Plutôt lors de virées nocturnes.

Alexandre Roullin comprit qu'il n'en saurait pas plus sur le personnage. Du moins pour l'instant. Il sentait bien que Christine Voleau cachait un secret. À Sébastien Boré, qui connaissait bien du monde aux Sables, il demanda si un agent de la mairie de permanence ne pourrait pas donner accès à l'état civil, même un samedi.

Le samedi, justement, était aussi le jour des mariages et il y avait à l'hôtel de ville du personnel qui put répondre à la demande. À temps. Une cérémonie était prévue à 15 h 30 et il était précisément cette heure. « On vous attend » avait répondu l'adjoint au maire de permanence. Dix minutes plus tard, le brigadier se présentait, alors que sur le parvis, malgré le froid de décembre, des fleurs volaient au-dessus de la tête des nouveaux mariés.

Au service de l'état civil, on n'eut aucun mal à trouver l'acte de naissance de Christine Moirant, née le 17 avril 1982 à la maternité de l'hôpital. « Née de père inconnu » mentionnait l'acte. Décidément, pensa Sébastien Boré, deux personnes sans père désigné à la naissance dans cette affaire !

— Je vous sors une copie intégrale, dit l'agent au policier.

La suite réservait une autre surprise en mention marginale. « Reconnue comme étant son enfant par M. Pierre-Marie Chagnée le 17 avril 1984 ». Le fils aîné du promoteur. Sébastien Boré prit l'acte, remercia l'élu et l'agent de la mairie et s'en retourna au commissariat, où Christine Voleau était toujours interrogée par le commissaire. Ce dernier ouvrit grand les yeux lorsqu'il prit connaissance du document. Cela donnait une nouvelle fois un tout autre sens à l'affaire, qui n'arrêtait pas d'en changer.

— Vous connaissez bien François Chagnée ?

— Oui. Vous nous avez arrêtés ensemble, je crois.

— Je voulais dire, vous le connaissez bien depuis longtemps ?

— Il est arrivé aux Sables depuis quelques semaines. Je l'ai rencontré à ce moment-là.

— Parce que vous aviez une mission à accomplir ? Un projet à mener, comme vous dites.

Christine Voleau marqua un temps d'arrêt, réfléchit, et relança la conversation.

— Que voulez-vous dire, commissaire ?

— Vos deux compères nous ont dit avoir un projet à mener. J'imagine que vous aussi.

Le silence s'installa. Christine Voleau ne se laissait pas désarçonner.

— Et Éric Capitaine, si je vous demande si vous le connaissez, vous allez me faire la même réponse que précédemment ?

— Oui, absolument.

— Savez-vous que vous avez un point commun. Que vous ignorez peut-être. Vous avez tous les deux été élevés par votre mère. Vos pères ne sont apparus que plus tard dans votre vie. Et les deux sont d'origine sablaise. Avec François Chagnée, vous avez aussi un point commun. C'est votre demi-frère. Votre père s'appelle Pierre-Marie Chagnée, fils de Pierre Chagnée le promoteur. Alors, votre histoire « et on se connaît depuis quelques semaines » en prend un grand coup dans l'aile. Maintenant, il est temps de tout raconter. À moins que vous ne préfériez que votre père le fasse.

Pendant ce temps, les autres enquêteurs cherchaient le moindre indice qui permettrait de faire le lien entre tous les éléments de cette affaire. Le capitaine Barteau avait épluché le registre de commerce et trouvé des informations sur la SCI d'Orbestier.

— Patron, une bonne info, annonça t-il à Alexandre Roullin. La SCI a pour gérants Pierre-Marie Chagnée et… et… ce bon docteur Poirson. Elle est inscrite au registre du tribunal de commerce de Saint-Denis de la Réunion. Et la coopérative pharmaceutique propriétaire de la DS3 également d'ailleurs.

— Merci, Barteau. Réunissez-moi toute l'équipe. On est près du but. Il faudrait que ça sorte ce week-end. Lundi au plus tard. Ça nous permettrait de passer Noël l'esprit tranquille.

La réunion fut rapide. Alexandre Roullin réunit tous les éléments. Le mur de la salle de réunion, qui n'avait jamais été utilisé à cela, servit de panneau d'affichage pour des petites notes retraçant l'affaire. Le téléphone de Roullin sonna à cet instant.

— Commissaire, ici, maître Voleau. Il reconnut aussitôt la voix du fils. Je suis sans nouvelles de ma femme, Elle est partie faire des courses ce matin et n'a pas donné signe de vie depuis. Je suis inquiet.

Alexandre Roullin le cueillit à froid. L'électrochoc.

— Ne vous inquiétez pas, maître. Nous, on sait où elle est… Elle est dans nos locaux depuis le début de la matinée. On avait quelques questions à lui poser.

— Qu'est-ce que vous me racontez-là ? Quand on est passé ce matin avec mon père, elle y était déjà ?

— Parfaitement, maître. Et pas seule. D'ailleurs, je ne comprends pas pourquoi vous nous avez dit ce matin qu'elle était partie de chez vous puisqu'elle n'y a vraisemblablement pas dormi cette nuit.

— C'est elle qui vous l'a dit ?

— Non, c'est nous qui l'avons vu. Ce matin, elle n'est pas partie de chez vous.

— C'est exact. Elle n'a pas dormi ici. Je suppose qu'elle était encore avec ce type qu'elle a rencontré il y a quelques semaines.

Maître Voleau s'épancha sur sa vie de couple. Longuement. Alexandre Roullin écoutait, espérant y trouver une bribe d'information concernant l'enquête. Visiblement, le notaire n'avait aucune idée de qui pouvait bien être celui qu'il imaginait être son amant. Pas plus qu'il n'avait souhaité suivre son épouse pour savoir où elle allait. Comme s'il s'en moquait. Car lui-même avait une deuxième vie sentimentale, finit-il par avouer au commissaire. Mais là, quand même, en ce samedi, il s'inquiétait de ne pas la voir rentrer parce que ce n'était pas son habitude. Peut-être la vie de leur couple avait franchi une étape.

— S'il y a du nouveau, je ne manquerai pas de vous en informer, conclut Alexandre Roullin.

François Chagnée fut à nouveau extrait de sa cellule pour un nouvel « entretien » avec le commissaire.

— Vous savez certainement qui est Christine Moirant ?

— Oui, je l'ai rencontrée peu de temps après mon arrivée aux Sables.

— Je voulais dire, vous savez certainement que vous avez un point commun.

— Allez, c'est bon. Oui, bien sûr que je sais que nous avons le même père. Ce dernier me l'a appris lorsque j'ai eu 20 ans. Elle en avait 18 à ce moment-là. Mais je ne l'ai pas rencontrée tout de suite. Ça ne s'est fait que lorsqu'elle s'est mariée. Quelques semaines avant que je parte au Canada. Mais nous n'avons pas eu de relations suivies. Je la voyais lors de mes voyages en France. Une fois, elle est aussi venue au Québec, mais sans son mari. Nous avons vraiment repris contact au début de l'année. Elle voulait me faire part de quelque chose d'important.

Alexandre Roullin n'osait couper son interlocuteur.

— Elle avait surpris une conversation de son beau-père avec quelqu'un. Qui ? Elle n'a pas pu l'identifier. C'était au téléphone. Ça concernait une affaire de vente de terrains il y a longtemps. Il parlait de Port Olona, de s'être fait avoir par le promoteur Chagnée.

– XXVII –

Les Sables-d'Olonne, avril 1976

Depuis quelques jours, Me Voleau s'impatientait. Il y avait un an que le promoteur Chagnée et lui avaient passé un accord pour la rétrocession de quatre hectares de terrain des marais au notaire après leur achat à Rambert dans le but d'y faire construire une résidence immobilière haut de gamme. Et rien n'avait bougé depuis.

L'homme de loi voyait s'approcher à grands pas le moment où le port de plaisance serait mis en service et il faudrait bien deux ans de travaux pour faire sortir de terre et construire l'immeuble envisagé.

Plutôt que téléphoner, Me Voleau décida d'aller un peu forcer la porte des bureaux du boulevard Castelnau. Le moins qu'on puisse dire, c'est qu'il n'y fut pas le bienvenu. Bien que ne s'étant pas fait annoncer, Pierre

Chagnée n'avait aucune raison de ne pas reçevoir Me Voleau.

— Nous allons devoir conclure ce qui a été prévu l'an passé, car le temps passe et vous ne vous êtes jamais manifesté depuis, Chagnée.

Pierre Chagnée n'était pas du genre à se faire démonter dans une discussion, qui plus est d'affaires. Il regarda Me Voleau droit dans les yeux.

— Je crains, cher maître, qu'il n'y ait un petit changement.

Le notaire connaissait suffisamment les embrouilles du promoteur, desquelles il avait d'ailleurs été complice, pour imaginer de suite qu'il allait encore en faire une.

— Je vous préviens, Chagnée, que vous n'allez pas encore me faire un coup tordu.

— Il n'y a qu'un souci, cher maître – le promoteur aimait bien insister sur cette formulation –, c'est que je ne suis pas propriétaire des terrains.

— Comment ça, vous n'en êtes pas propriétaire ?

— Non, c'est ma femme qui les a achetés, pas moi. Et je crains qu'elle ne soit pas vraiment disposée à s'en séparer.

Voleau avait imaginé bien des choses. Savait qu'avec le promoteur on pouvait tout craindre à chaque moment. Mais celle-là, non, elle ne lui avait jamais traversé l'esprit. Il sentit aussitôt que le vent avait tourné. Qu'il avait tout organisé pour rester seul maître à bord de ce projet qui aurait pu lui rapporter des millions de francs une fois terminé et les appartements vendus.

D'ailleurs, les plans des futures résidences du port de plaisance étaient étalées sur une table de travail du bureau. Le projet tel qu'il put l'apercevoir d'un œil discret englobait bien les terrains qui devaient lui revenir. Il vit aussi que l'idée d'une partie de résidence haut de gamme avait été retenue, le reste étant un habitat plus modeste. Un vrai piratage.

— Vous pouvez les regarder de plus près, lui lança, ironique, Chagnée. Ils sont presque définitifs.

Me Voleau ne s'en priva pas. Partout apparaissait le nom de Nicole Chagnée. À aucun endroit, Pierre n'était mentionné. Madame était donc propriétaire des terrains. C'est son nom qui était mentionné sur tous les documents administratifs afférents. Le notaire sentait le piège se refermer. Il sortit du bureau, claquant la porte pour soulager son énervement. « On ne va pas en rester là, Chagnée, tu vas voir ».

– XXVIII –

Samedi 15 décembre 2018

Dans le bureau du commissaire Alexandre Roullin, François Chagnée continuait d'expliquer.

— Christine savait que son grand-père était disparu en mer. Or elle a entendu Voleau dire « Si c'était à refaire, je le referai ». Elle a alors fait quelques recherches. À l'insu de son mari. Elle m'a appelé un jour pour me dire sa conviction que c'était maître Voleau qui avait orchestré la mort de Pierre Chagnée et de Luc Poirson.

— Et comment Éric Capitaine entre t-il dans cette danse ?

— Christine était aussi entrée en contact avec mon père… notre père pardon. Celui-ci était toujours en affaires avec un certain docteur Poirson, qui est installé sur l'île de la Réunion.

— En affaires, vous pouvez le dire. Ils sont les deux actionnaires d'une SCI propriétaire de la maison de Saint-Jean-d'Orbestier.

— Je vois que vous le savez aussi. Mon père et ce docteur Poirson ont décidé de se rappeler au bon souvenir du notaire.

— Et ils vous ont demandé d'être les exécuteurs des basses œuvres ?

— Non, vous ne pouvez pas dire ça. Parce que nous n'avons tué personne.

— L'enquête sur la mort du père Rambert n'est pas terminée. Et vous êtes trois suspects potentiels. Et l'agression de Me Voleau à l'hôpital, le signalement vous correspond.

Alexandre Roullin commençait à avoir des doutes. Restait une énigme. Qui avait exhumé les ossements ? Qui d'abord savait où les corps avaient été déposés ?Forcément quelqu'un qui était déjà sur place en 1978. Et surtout dans quel but les faire réapparaitre ? Les interrogatoires se poursuivaient. Christine Voleau-Moirant fut à nouveau admise dans le bureau du commissaire.

— Madame, François Chagnée nous a parlé d'une conversation téléphonique de votre beau-père que vous auriez surprise. Elle aurait amené à vous convaincre qu'il serait responsable de la disparition de votre grand-père et de Luc Poirson. Vous confirmez ?

— C'est exact, répondit t-elle spontanément, ajoutant moult détails à la relation des faits qu'en avait fait son demi-frère.

— Et vous n'avez pas une idée de qui était son interlocuteur ?

— Certainement une personne qui était au courant des faits au moment où il se sont produits. Un habitant des Sables ou quelqu'un qui connaît très bien la ville, à n'en pas douter.

— Donc une personne d'un âge approchant celui de votre beau-père, si l'on en croit ce que vous rapportez là.

La jeune femme répondait très posément à toutes les questions du commissaire. Comme si elle n'avait rien à se reprocher. Alexandre Roullin l'entraîna sur un autre terrain.

— Donnez-moi votre emploi du temps de la matinée de vendredi.

— Je suis restée chez moi tout la matinée. J'avais du travail domestique à faire.

— Quelqu'un pour confirmer ?

— Mon mari est parti à 9 h 30. Il avait son premier rendez-vous à l'étude à 10 h, je crois. Ensuite, j'ai utilisé notre téléphone fixe à trois reprises entre cette heure et midi. Vous pourrez vérifier.

— Je pourrai effectivement vérifier, mais pas savoir par qui il a été utilisé. Est-ce que vous avez eu des contacts avec François Chagnée ce matin-là ?

— Non. Mais plus tard dans la journée.

— On le sait.

Le jeu de questions-réponses était rapide. Des phrases courtes auxquelles Christine Voleau avait réponse dans la seconde.

— Vous connaissiez monsieur Rambert ?

— Personnellement non. Mais François m'en avait parlé lorsqu'il m'a présenté le projet.

— Comment vous en a t-il parlé ?

— Il m'a dit que le bonhomme avait certainement des informations précieuses pour le réaliser. Que c'était un peu la mémoire de la Chaume. Et même plus. C'est ce que lui avait rapporté notre père. Qu'il fallait donc le ménager.

— C'est d'ailleurs pour ça qu' Éric Capitaine a tenté de le renverser devant chez lui pour le tuer.

Christine Voleau jura ses grands dieux que non. Qu'Éric ne l'avait pas fait volontairement. Mais au contraire, que voyant qu'il s'agissait de ce personnage « important », il avait pris peur et s'était enfui.

— Bon soit, reconnut le commissaire Roullin. Mais aujourd'hui, il est vraiment mort et on cherche qui l'a tué.

— Et nous, notre projet est en voie de se réaliser.

— Vous voulez dire qu'il y a encore du monde à mourir ?

— Mais je vous le redis, commissaire, notre projet n'est pas de tuer. Réfléchissez et vous comprendrez.

— Je réfléchirai quand j'aurai arrêté les coupables. En attendant, votre garde à vue est prolongée.

« Notre projet n'est pas de tuer ». Alexandre Roullin tournait cette phrase dans sa tête. Il fallait passer à l'étape suivante. Entendre dès ce soir si possible Pierre-Marie Chagnée, le père de François et de Christine. Mais aussi appeler le procureur de la République pour faire venir le docteur Poirson. Sur l'île de la Réunion, la soirée était bien avancée. Par la voie administrative, le commissaire demanda qu'on l'interpelle le plus rapidement possible à Cilaos et qu'on le fasse venir dès le lendemain en métropole. Il y avait un vol Air France en début de matinée. À défaut, un autre le soir. Il venait de vérifier. Sur le premier, il restait des places.

Sa demande fut rapidement prise en charge et, trois heures plus tard, sur les coups de 11 heures du soir, le docteur fut interpellé par les gendarmes qui l'emmenèrent en hélicoptère jusqu'à l'aéroport de Saint-Denis Roland-Garros.

Pendant ce temps, aux Sables-d'Olonne, Pierre-Marie Chagnée était également arrêté à son domicile et aussitôt placé en garde à vue. Alexandre Roullin avait tant de questions à lui poser.

— Je ne vous demande pas si vous connaissez le docteur Poirson, ni le point commun que vous avez ?

— Bien sûr que je le connais. Nous avons une SCI en commun.

— Je voulais vous l'entendre dire. Nous n'allons pas perdre de temps, monsieur Chagnée : sont également placés en garde à vue ici depuis ce matin François Chagnée votre fils, Christine Moirant épouse Voleau votre fille, et Éric Capitaine, fils du docteur Poirson. Lequel sera aux Sables lundi dans la journée.

Pierre-Marie Chagnée marqua un temps d'arrêt et tenta de reprendre la conversation. Alexandre Roullin l'interrompit aussitôt.

— Ici, c'est moi qui pose les questions. Ils sont ici parce que nous pensons qu'ils sont très vraisemblablement impliqués dans l'affaire des ossements retrouvés. Au moins l'un d'entre eux en tout cas. Mais aussi dans l'agression de maître Voleau à l'hôpital et dans le meurtre du père Rambert vendredi dernier. Et je vous fais mettre en garde à vue parce que, selon leurs propos, ils ont à accomplir un « projet » dont vous et le docteurs Poirson seriez les initiateurs. C'est bien cela ?

Pierre-Marie Chagnée s'embarqua dans des explications pour le moins tordues pour tenter de se justifier. Pour enfin en arriver au principal.

— C'est vrai que Poirson et moi voulons connaître enfin la vérité sur la mort de nos pères avant qu'il ne soit trop tard.

— Trop tard ?

— C'est à dire avant que les protagonistes ne quittent à leur tour cette terre.

— Allez, expliquez-vous plus avant !

— Il y a une vingtaine d'années, j'ai surpris une conversation entre deux vieux

Chaumois malheureusement décédés depuis. Ils évoquaient l'accident. L'un disait à l'autre « Ça m'étonnerait qu'ils les trouvent un jour ». Et l'autre répondit : « C'est sûr que là où ils sont, personne n'aura l'idée d'aller voir ».

— Vous êtes certains qu'ils évoquaient l'accident de vos pères ?

— Absolument, commissaire. Il n'y avait pas de doute possible. Je savais que Jean-Philippe Poirson, que je n'avais jamais revu depuis 1978, était installé à la Réunion. Nous sommes entrés en contact.

Plus rien n'arrêtait Pierre-Marie Chagnée dans son récit. Il en savait, en fait, beaucoup. Depuis vingt ans, il menait sa propre enquête. Il faisait part de toutes ses informations au docteur Poirson. Et les deux s'étaient donc forgé une conviction. Ils connaissaient l'organisateur de l'accident de Pierre Chagnée et de Luc Poirson. Accident qui n'en était donc pas un selon eux.

— Est-ce que votre fille Christine vous a fait part d'une conversation de son beau-père qu'elle aurait surprise à propos de la mort de vos pères.

— Oui. Elle m'en a parlé il y a un peu plus d'un an. Je ne lui ai pas dit, mais notre conviction était la même. Les éléments que j'ai recueillis depuis tout ce temps m'amenaient à cette même conclusion. Me Voleau était derrière tout cela. En revanche, je n'ai jamais pu identifier son ou ses complices. Bon, dites, commissaire. Les trois minots, vous ne pouvez pas les libérer ? Je vous assure qu'ils n'ont rien à voir avec tout ça.

Le commissaire éluda rapidement. Restait toujours à résoudre l'énigme Rambert et l'explosion de la voiture. Il annonça également à Pierre-Marie Chagnée qu'il resterait, lui aussi, au commissariat cette nuit. On reprendrait les interrogatoires demain. C'en était assez pour aujourd'hui. Alexandre Roullin se rappela que sa compagne était venue tout exprès de Paris. Ce soir, ce serait dîner aux chandelles.

– XXIX –

Dimanche 16 décembre 2018

Pas chien, le commissaire Roullin débarqua au commissariat avec plusieurs baguettes de pain frais, beurre et confiture pour le petit-déjeuner des quatre gardés à vue. Les autres policiers en furent étonnés. Normalement en repos ce dimanche, le brigadier Sébastien Boré était arrivé un peu en retard.

Faute de nouveaux éléments extérieurs et notamment sans les résultats complets de l'autopsie du père Rambert, il faudrait se contenter de la poursuite des interrogatoires. Les gardes à vue pouvaient durer jusqu'au lundi en milieu de matinée pour les trois jeunes ; jusqu'au début de soirée pour Pierre-Marie Chagnée. Pas question surtout de les faire se rencontrer pour qu'ils communiquent ensemble.

Chagnée fut extrait en premier de sa cellule. Sur la découverte des ossements, il était devenu le suspect numéro un.

— Reprenons-donc où nous en étions hier soir.

— Je crois que je vous ai tout dit.

— Oh non ! Vous n'avez pas tout dit. Tout d'abord, cette conversation que vous avez surprise sur le quai de la Chaume et qui vous a convaincu qu'il ne s'agissait pas d'un accident. Vous souvenez-vous des protagonistes ?

— Oui, je me souviens bien de l'un d'eux : il s'appelait Thibaudeau… peut-être Louis. Je ne suis pas sûr du prénom. Je crois qu'il avait pas loin de cent ans car tout le monde le charriait sur son âge. Le second, je ne sais pas son nom. Juste que c'était aussi une figure locale que tout le monde saluait dans la rue.

Le commissaire voulait absolument faire entrer Pierre-Marie Chagnée dans les détails. La conversation ? « Elle devait remonter à 1995 ou 1996. En septembre, ça je suis sûr ». Le lieu ? « Sur le quai de la Chaume, pas loin de l'ancien pont ». Que se sont-ils dit exactement ?

— Visiblement, ils se rappelaient quelques souvenirs. Et l'un a commencé à parler. Disant qu'il ne comprenait pas que la police n'ait pas fait d'enquête approfondie. Parce qu'ici, tout le monde savait qu'il y avait bien des raisons d'en vouloir à mon père, avant tout, et à Luc Poirson en second rôle. C'est là qu'ils ont dit que, s'ils avaient bien cherché, ils auraient trouvé les corps. Parce qu'il y avait bien du monde au courant de ce qu'il s'était passé.

— Et maître Voleau, comment apparaît-il dans cette conversation ?

— Lui était le notaire-notable de la place des Sables. Ça se disait partout qu'il était fou furieux que l'affaire lui soit passée sous le nez. Il devait penser que son poste de conseiller municipal d'alors lui donnerait des passe-droits. C'était un mauvais perdant. Je ne vais pas dédouaner mon père qui lui a quand même fait un coup un peu tordu, mais de là à vouloir tuer.

— Votre enquête depuis vingt ans vous a donc amené jusqu'aux ossements. Qui vous en a parlé ?

Le fils du promoteur expliqua que c'est tout bonnement par le père Rambert que ça lui était arrivé aux oreilles. Et de façon très indirecte. Il avait donc cherché à rencontrer le bonhomme. Dans un premier temps, l'évocation de son nom, Chagnée, avait fait reculer l'octogénaire qu'il était alors.

— C'était il y a sept ou huit ans. J'ai petit à petit réussi à gagner sa confiance. Il y a deux ans environ, il m'a dit que, à l'aube de ses 90 ans, il estimait devoir me parler. Il savait où avaient été déposés les deux corps. Je n'en ai pas cru mes oreilles.

— Et vous n'avez pas prévenu la police.

— Non. J'ai aussitôt tenu informé Jean-Philippe Poirson. Qui a été sous le choc.

— Ensuite ?

— Il est arrivé une semaine après. On est allé à la chapelle Biroteau, au cimetière ancien. On a poussé la porte. Bien évidemment, on n'a pas pu soulever la pierre. Mais pour nous deux, ce fut un véritable choc.

— Savez-vous comment Rambert savait que les corps étaient là ?

— Non. Il n'a jamais voulu me le dire. Mais je pense qu'il n'était pas loin quand ils y ont été déposés.

Le commissaire entendit ensuite Christine Voleau, François Chagnée et Éric Capitaine. Il apparaissait de moins en moins probable qu'ils soient mêlés à la mort du père Rambert. Rien ne collait. Il y avait forcément une quatrième personne. Seule Christine pouvait faire le lien. Et si les Voleau avaient un rôle plus important qu'on ne l'imaginait ? Le commissariat n'étant pas extensible pour placer d'autres personnes en garde à vue, les trois « jeunes » furent libérés, avec obligation de rester dans la maison de Saint-Jean-d'Orbestier, sans téléphone ni moyens de communication.

— Il y aura en permanence quatre policiers, leur signifia le commissaire. La maison compte suffisamment de chambres pour que vous preniez chacun la vôtre. Mais attention ! Au moindre écart, vous revenez ici.

Trois cellules étant libérées, on pouvait maintenant placer les deux notaires Voleau en garde à vue. À la tête d'un équipage, Sébastien Boré se rendit immédiatement place du Commandant-Guilbaud interpeller le père. Il était midi. Le fils fut, lui, cueilli au saut du lit en son domicile. Les deux furent amenés au commissariat.

Voleau père entra en premier dans le bureau du commissaire.

— Je crois qu'on a vraiment plein de choses à se dire, maître, attaqua le commissaire.

— Sur une affaire qui remonte à quarante ans.

— Ah non ! Vous n'allez pas recommencer avec ça.

— Si, on va le faire parce que, après le décès, le meurtre devrais-je dire, de monsieur Rambert, vous êtes le dernier acteur survivant de cette affaire et que votre témoignage nous intéresse drôlement.

— Sur la mort du vieux Rambert ?

— Non, sur celles de Pierre Chagnée et de Luc Poirson.

— Dites, vous me soupçonnez ou quoi ?

— Pour l'instant, nous essayons juste de savoir qui aurait pu vouloir s'en prendre à leurs vies. Qui aurait pu avoir intérêt à faire ainsi disparaître leurs corps. Et pour quelles raisons. Il se trouve que vous aviez un gros contentieux avec Pierre Chagnée et cela fait donc de vous un suspect.

— Suspect de rien. Vous savez comme moi qu'un crime est prescrit au bout de vingt ans. Vous perdez donc votre temps.

— Je vous l'accorde, mais ce que nous devons à deux familles, c'est de savoir avec certitude qui a tué leurs pères et grands-pères. Et ce que vous venez de me dire sonne un peu comme un aveu. En revanche, pour la mort du père Rambert, les faits datent de deux jours et là… la prescription.

— Vous avez raison, monsieur le commissaire, on leur doit bien ça… Ils ont le droit de savoir.

– XXX –

Les Sables-d'Olonne, 24 septembre 1978

— Qu'est-ce qu'il fait ce con ? Il ne nous a pas vus ou quoi ?

Le bateau d'une dizaine de mètres battit en arrière au dernier moment, provoquant une vague qui « brassa » le pêche-promenade encore à l'arrêt avant de le heurter violemment.

Pierre Chagnée et Luc Poirson furent projetés au fond de l'embarcation. Deux hommes sautèrent à bord. L'un d'eux fit rapidement un nœud de marin pour se mettre à couple. Sonnés, les deux pêcheurs commencèrent à se relever. Il virent venir sur eux deux gaillards cagoulés.

— Nom de Dieu ! Voleau, si tu crois que je t'ai pas reconnu ! hurla Pierre Chagnée.

À cet instant, l'homme se rua sur lui, l'immobilisa et, avec un gilet de sauvetage, bloqua sa respiration. Chagnée ne put se débattre. Il reçut un coup violent derrière la tête. Une minute plus tard, alors qu'il était dans l'impossibilité de se débattre, ses muscles se relâchèrent. C'en était fini. Pendant ce temps, le deuxième « assaillant » en fit de même sur Luc Poirson. Ce dernier était plus vaillant que le promoteur. Il put repousser, dans un premier temps, son agresseur, mais ne résista pas finalement au coup de marteau qu'il prit lui aussi sur le crâne. Ils ne leur avaient finalement laissé aucune chance.

— Assurez-vous qu'ils soient morts, lança le notaire à son complice.

— Ils ne risquent plus de bouger, regardez.

— Bon, qu'est-ce qu'on fait alors ? Comme prévu ? On les embarque ? On les met par le fond ?

— On met le bateau par le fond. Sans eux. Ils sont capables de les retrouver. Alors, on les embarque.

Les corps furent hissés à bord de leur bateau, cachés sous une bâche. Les deux hommes décidèrent d'attendre la tombée de la nuit pour rentrer au port. Un peu plus tard dans l'après-midi, ils virent une escouade de pompiers et de sauveteurs s'agiter dans la baie.

Ils durent s'entourer de mille précautions pour ne pas être vus, voire reconnus. C'était bien mal connaître cette ville.

Alors qu'ils s'amarraient, Louis Thibaudeau qui rentrait chez lui bien tardivement à la Chaume passait à cet instant sur la Cabaude.

— Ah ! Bonjour, maître Voleau, vous rentrez bien tard, lança t-il. Il reconnut aussi le deuxième homme. Et toi, Rambert, tu te promènes avec le notaire maintenant ?

Ils laissèrent passer le bonhomme. Maître Voleau approcha sa voiture au plus près. Comme dans un vieux film policier, et s'assurant que plus personne ne s'approchait, ils descendirent les corps enveloppés d'une toile de voile du bateau. Les glissèrent dans la voiture. À peine avaient-ils fermé le coffre que deux voitures franchirent le pont de la Chaume pour se rendre aux Sables. Il faisait maintenant nuit noire et la voiture était stationnée entre deux lampadaires, de sorte qu'on ne pouvait pratiquement pas la voir.

Le notaire et Rambert prirent rapidement la direction de la Chaume, dont les rues étaient désertes.

— On y va maintenant ? demanda maître Voleau.

— Ahhhh ! Surtout pas. Il est trop tôt. On fera ça cette nuit. Quand tout le quartier dormira.

— Mais je ne vais pas rentrer chez moi avec ce chargement, protesta le notaire.

— Vous prendrez ma voiture et vous reviendrez ce soir à minuit. Rendez-vous sur le parking du cimetière.

Les deux hommes firent comme convenu. Maître Voleau regagna son domicile. Rambert fit la même chose. Madame Voleau s'inquiéta de l'heure de rentrée de son mari.

— J'ai failli appeler la police, lui annonça-t-elle. Cet après-midi, tu n'as donc pas vu tout ce déploiement en mer. Il se dit qu'il y aurait deux disparus. Deux personnes parties à la pêche et qui ne sont pas rentrées.

— Oui, j'ai entendu ça à la VHF sur le bateau. Mais j'étais loin de cette zone. On était dans le secteur de Sauveterre. Donc on a rien vu.

— Mais tu étais avec qui ?

— Ah ! Cette vieille fripouille de Rambert, le Chaumois. Je lui avais promis depuis longtemps qu'on ferait une partie de pêche. Il faut le ménager, celui-là. C'est tout un réseau à lui tout seul.

— Tu ferais mieux de dire que tu copines avec lui parce que vous vous êtes fait avoir tous les deux dans cette affaire de terrains pour le port.

Maître Voleau alla ensuite travailler dans son bureau, madame alla se coucher. Vers 11 h 30, le notaire sortit discrètement pour rejoindre le point de rendez-vous. La voiture était garée devant la porte du cimetière, dont les portes étaient fermées à double tour. Rambert avait aussi des talents de serrurier.

Ils prirent aussitôt la direction de la chapelle Biroteau. La nuit précédente, Rambert y avait déposé deux barres à mine et des cales en bois. Il ne leur restait plus qu'à soulever la dalle. Rapidement, Rambert, qui était un gaillard, réussit à la faire bouger. Maître Voleau réussit à glisser la seconde barre à mine. Au terme d'un effort coordonné, ils réussirent à glisser des cales en bois. Bien lourde, la dalle finit par être mise en position qui permettait de glisser les corps à l'intérieur du caveau. Les deux hommes étaient en sueur. En cette fin septembre, et bien qu'on soit au milieu de la nuit, la température était encore clémente.

Rambert et le notaire firent un premier voyage. Puis un deuxième. Les deux corps étaient là, devant la chapelle.

— Attention à vous, Rambert, de ne pas prendre cette dalle sur la tête. Ce serait fâcheux.

Même en telle circonstance Voleau gardait son côté aristocrate. Rambert avait réussi à passer une partie de son corps dans le caveau.

— Allez, Voleau, passez-moi le premier.

Aux ordres, le notaire s'exécuta. Le premier corps, bien enveloppé, de sorte qu'on ne savait pas de qui il s'agissait, fut posé proprement sur l'un des cercueils des époux Biroteau. Le second prit ensuite le même chemin. Tout le monde croirait que Pierre Chagnée et Luc Poirson étaient disparus en mer. La dalle fut reposée. Avec précaution et la même méthode, les deux hommes la remirent en place. Rambert devait repasser le lendemain soir pour « les finitions ».

– XXXI –

Dimanche 16 décembre 2018

Alexandre Roullin avait écouté maître Voleau père raconter cette journée au cours de laquelle lui et Rambert avaient tué Chagnée et Poirson. Des deux coupables, il était aujourd'hui le seul vivant.

Il y avait donc prescription des faits. Quarante ans. Le notaire ne fut pas pour autant remis en liberté. Le commissaire voulait avoir la certitude qu'il n'était pas impliqué dans la mort du vieux Chaumois.

Le fils Voleau fut amené dans le bureau. Alexandre Roullin lui annonça tout de suite que son père avait reconnu la mort des deux hommes en 1978. Il n'en sembla pas ébranlé. Ce que remarqua aussitôt le commissaire.

— … et vous étiez au courant, lui lança t-il.

— Comment vous le cacher. Je l'avais compris depuis bien longtemps. Mais les faits sont prescrits, non ? Il ne peut donc être poursuivi. D'ailleurs, pourquoi ne le relâchez-vous pas ?

— Il est encore suspect dans la mort de monsieur Rambert.

— Ah oui ! Rambert ! 90 ans. Sénile.

Alexandre Roullin fut surpris de cette remarque, qui semblait cacher une relation conflictuelle.

— Il risquait de parler de choses gênantes pour vous et surtout pour la réputation familiale. Dois-je le comprendre comme ça ? Donc Rambert… ?

Le commissaire commença à taper un procès-verbal. Le jeune notaire était devenu écarlate. Une colère semblait monter en lui.

— Rambert, quoi Rambert ? Je vous le dis, un vieux gâteux.

— Rambert qui a caché un secret pendant quarante ans et qui se préparait à le dévoiler.

— Oui, il allait le faire. Et d'autres affaires aussi.

— Vous dites que vous aviez compris depuis bien longtemps. C'est-à-dire ?

— Quelqu'un m'avait parlé de cette affaire dans une soirée. Cette personne ne savait pas qui j'étais. Ça doit bien remonter à quatre ou cinq ans. Ensuite, j'ai enquêté à l'insu de mon père. J'ai compris qu'il avait, à cette époque, commis bien des irrégularités. Mais aussi qu'il s'était fait avoir par le promoteur. Vous vous rendez compte, commissaire, aujourd'hui on aurait un cinquième du parc immobilier de Port Olona à nous.

— Et vous ne l'avez pas. Vous en voulez à qui, maître Voleau ? À Rambert ou plutôt à votre père ?

— Aux deux. Pour avoir tué pour une grosse histoire de pognon.

— Vous vouliez donc en finir avec cette affaire. Qui ne valait peut-être pas la même vengeance que celle de quarante ans plus tôt. Car vous avez voulu tuer et vous avez tué. Pour une histoire de pognon, comme vous dites.

Alexandre Roullin venait de comprendre toute la machination.

— Dans un premier temps, vous essayez de tuer votre père. Vous avez repéré que l'homme qu'à plusieurs reprises vous avez vu avec Christine portait une chemise de bûcheron et une veste en cuir marron. Vous achetez les mêmes et vous foncez à l'hôpital. Ça ne marche pas. Votre père a partiellement retrouvé la santé et, même « débranché », il ne se passe rien. Alors vous imaginez prendre le problème à l'envers. Tuer d'abord Rambert. Ce que vous faites dans la nuit de jeudi à vendredi. Je continue ?

— Je crois que ça ne va pas être la peine.

— Si ! J'ai besoin des détails.

Le commissaire tapait toujours sur son PC.

— Je suis allé chez Rambert dans la soirée. Vers 20 h 30. Je voulais des explications. Oui, j'avais l'intention de le tuer après. Le bonhomme ne voulait rien savoir. Alors je l'ai cramponné. Plus vite que prévu. J'ai attendu le milieu de la nuit pour le sortir et je l'ai emmené dans le marais.

— Et votre père ? Quelles « réjouissances » vous aviez prévu pour lui ?

— Des médocs. J'ai réussi à m'en procurer. Si vous voulez, vous les trouverez dans le tiroir de mon bureau à l'étude.

— Ça va être lourd pour vous. Tentative de meurtre sur votre père, et sur Rambert, meurtre commis avec préméditation. Autrement dit un assassinat.

Alexandre Roullin partit rejoindre maître Voleau père. Il n'osa pas lui dire qu'il était la prochaine victime sur la liste de son fils. Dans quelques minutes, il pourrait regagner son domicile. Libre. Aucune charge ne pouvait être retenue contre lui. Le commissaire les laissa quelques instants avant de partir.

— Pourquoi as-tu fait ça avec Rambert ?

— Il aurait parlé. Il parlait de trop.

— Je ne crains rien. Les faits sont prescrits.

— Je ne voulais pas devenir le fils d'un assassin. Toute la ville s'en serait gaussée.

Une patrouille de police ramena François Chagnée, Christine Moirant-Voleau et Éric Capitaine au commissariat. Pierre-Marie Chagnée y était encore. Alexandre Roullin les fit asseoir dans son bureau. Christine fut sincèrement attristée de la situation de son mari et s'effondra en pleurs dans les bras de son père.

— Maintenant, vous allez m'expliquer les ossements.

Pierre-Marie Chagnée prit la parole en premier.

— C'est moi qui ai eu l'idée. Et choisi la date de la première découverte. J'imaginai bien que le faire le jour du quarantième anniversaire de la destruction du pont de la Chaume ne manquerait pas d'intriguer. Et puis le port et le pont n'étaient-ils pas les personnages centraux de tout ça. Les ossements, ce sont les garçons qui s'en sont occupés.

— Et la fille, protesta Christine.

François Chagnée décrivit la scène. Un soir, le cimetière. Y entrer discrètement. S'assurer que le gardien dormait. Soulever la dalle sans faire de bruit. Se glisser à l'intérieur du caveau. Tâche dévolue à Christine, plus fluette. Et prendre quelques os. Au hasard.

— Les crânes, c'était le plus facile, expliqua-t-elle. Les autres, j'y suis allée au hasard. On a tout mis dans un sac. Les garçons ont refermé la dalle. On est partis. C'était dans la nuit du 5 au 6 novembre.

François Chagnée enchaîna. Comme s'ils se passaient le témoin d'un relais.

— Le lendemain Éric nous a amené une caisse en polystyrène de la criée. On y a mis les ossements d'un squelette. On avait bien pris soin de ne pas les mélanger. Dans la nuit du 6 au 7, on est allé déposer la caisse dans le port, à l'emplacement de l'ancien pont. Pour la deuxième livraison, on a choisi le même mode opératoire. Sauf qu'on voulait qu'elle soit découverte devant tout le monde…

François passa le témoin à Éric.

— En sortant du boulot, je suis directement allé chercher la caisse chez Martine. Je l'avais mise dans un placard. Et je suis allé la déposer sous un banc du préau. Je n'avais jamais fait attention qu'il y avait une caméra de vidéosurveillance à côté. Sinon, j'aurais procédé autrement.

Enfin Christine prit le dernier relais.

— Et le colis adressé au procureur, c'est moi. La boîte à chaussures vient de la maison et je l'ai postée à La Roche-sur-Yon. Pourquoi le procureur Guilbaud ? Parce qu'il est là depuis très longtemps et que l'envoyer à un magistrat ferait encore plus bouger les choses, pensait-on.

La conclusion revint à Pierre-Marie Chagnée.

— Vous voyez, commissaire, notre projet était d'une simplicité étonnante. Nous voulions juste, avec ce battage, faire rouvrir l'enquête pour que l'on connaisse enfin le meurtrier de nos pères et grands-pères. Rien de plus. Maintenant nous savons.

— Vous pourriez quand même être poursuivis pour violation de sépulture et atteinte à l'intégrité de cadavres.

— Comment ça, commissaire ? Je vous rappelle qu'ils sont portés disparus en mer depuis septembre 1978.

— Vous avez raison. Je vous dois une seconde information. Maître Voleau n'était pas seul quand il a tué Pierre Chagnée et Luc Poirson. Il avait un complice.

Pierre-Marie, François, Christine et Éric ouvrirent grand les yeux et leurs regards se croisèrent.

— Qui alors ? demanda Pierre-Marie Chagnée.

Le commissaire les fit patienter quelques secondes.

— Ernest Rambert.

Épilogue

Il était 18 heures et la nuit venait de tomber sur Les Sables-d'Olonne. Alexandre Roullin arriva juste à temps chez lui. Juste à temps pour accompagner sa compagne à la gare. Son TGV partait à 18 h 30. Policière elle-aussi en région parisienne, elle comprit que les affres du métier aient pu quelque peu perturber ce week-end. Elle se montra compréhensive et lui proposa de se rattraper un jour prochain.

Dans le milieu de la semaine suivante, les ossements de Pierre Chagnée et de Luc Poirson furent déposés dans les caveaux de leurs épouses respectives. Ce fut un grand soulagement pour tous, fils et petits-enfants. Jean-Philippe Poirson n'avait finalement pas fait le déplacement de la Réunion pour rien. Quelques jours plus tard, François Chagnée repartit au Canada. Éric Capitaine décida de ne pas s'établir aux Sables. Il reprit le chemin de la Réunion où Jean-Philippe Poirson le prit sous son aile. Martine Logeon fut du voyage. Ils furent embauchés dans la coopérative pharmaceutique dont le médecin était l'actionnaire majoritaire et qu'il dirigeait. Christine Voleau demanda le divorce quelques semaines après la conclusion de l'affaire. Son père, Pierre-Marie Chagnée, lui céda l'agence de gestion des résidences de Port Olona, qu'il avait développée après avoir cédé l'activité de promoteur une dizaine d'années plus tôt.

L'étude de maître Voleau, toujours en détention préventive dans l'attente de son procès, fut confiée à un notaire remplaçant le temps que la justice passe. Quant à son père, il choisit de ne plus paraître aux Sables-d'Olonne et « s'exila » à l'autre bout du département de la Vendée. Il ferait désormais ses promenades quotidiennes dans le Marais poitevin, au pied de l'abbaye de Maillezais.

Au pont de la Chaume, le souvenir était toujours vivace et s'offrait au regard des visiteurs à travers cette plaque inaugurée en 2013.

« La construction du pont de la Chaume dit “ Pont des écluses ” fut achevée en 1853. Ce pont-vanne servait à désengorger le fond du port des trop-pleins de sables et de vases.

Le pont de la Chaume, élargi en 1928, était le seul moyen de communication, comme les passeurs, entre la Chaume et Les Sables.

Monument emblématique chaumois, il fut détruit pour permettre la construction du port de plaisance sur l'arrière-port, la Chnoue, le 7 novembre 1978.

Une chanson fut créée par Dînette, une Chaumoise, en l'honneur de cet emblême chaumois et de la fierté de la communauté chaumoise.

Aujourd'hui encore, lorsqu'on parle du pont, les esprits s'évadent comme si l'âme du pont était encore présente. »

Le *Bar du Pont* portait toujours aussi bien son nom… même sans pont.

Le 6 février 2020

Au chapitre III et au chapitre VI, sont mentionnés des réunions de conseil municipal des Sables. Le texte est inspiré de leur compte rendu publié alors dans Ouest-France *et* Presse-Océan. *Les noms des élus n'ont pas été changés.*

LA
GESTE

www.gesteditions.com

Par ce logo, nous témoignons d'une volonté de réduire les impacts environnementaux liés aux activités de l'imprimerie. Nous choisissons un imprimeur impliqué dans la réduction des gaz à effet de serre. Le choix de nos papiers assure que la production a été faite à partir d'un produit à base de bois et a suivi le cahier des charges d'une gestion durable des forêts européennes. Achevé d'imprimer chez Factory en Union européenne en mai 2020.

Composition : Julie Potelle

Dépôt légal : premier semestre 2018

11, rue Norman-Borlaug
79260 La Crèche
05 49 05 37 22
contact@gesteditions.com